लहरों के संग

(कहानी-संग्रह)

डॉ. करुणा पीटर 'कमल'

TANEESHA PUBLISHING

ISBN : 9789347259098
Edition : First, February 2026
Title : Lehron Ke Sang
Author : Dr. Karuna Peter 'Kamal'

Published by

TANEESHA PUBLISHING

An Imprint of **Taneesha and Prachi NextGen Publication**

Registered Office: Sunil Complex, 2nd Floor, Vijay Nagar,
Western Kutchery Road, Meerut - 250002, Uttar Pradesh, India
Website : www.taneeshapublishing.com
E-mail : help@tpnextpub.com
Phone : 0121 453 0364

Printed by :
Manipal Technologies Limited, Bengaluru - 560001, Karnataka

समर्पण

स्मृतिशेष पूजनीय स्वर्गीय माता- पिता की पुण्य स्मृति को...

भूमिका

सामाजिक सरोकार से जुड़ी कथा शिल्पी करुणा पीटर कमल की रचनाधर्मिता!

डॉ. रत्नेश्वर सिंह

पिछले दिनों पटना सदाकत आश्रम स्थित मेरे आवास पर पटना की एक प्रतिष्ठित विद्यालय डॉन बॉस्को एकाडमी, दीघा में हिन्दी की प्रभावी शिक्षिका एवं राष्ट्रीय ख्याति प्राप्त अत्यन्त लोकप्रिय पत्रिका 'साहित्य यात्रा' की उपसंपादक डॉ. करुणा पीटर 'कमल' ने अपनी अनुपम कृति जो कहानी संग्रह 'लहरों के संग' के रूप में है, उसकी पांडुलिपि समीक्षार्थ / भूमिका के निमित्त मुझे प्रदान किया। साथ ही साथ स्वयं द्वारा लिखित 'नरेन्द्र कोहली के उपन्यासों में स्वामी विवेकानंद का जीवन चरित्र' भी भेंट स्वरूप प्रदान किया। इससे लेखिका के जीवन और कथा साहित्य के प्रति अतिरिक्त लगाव को सहज महसूस किया जा सकता है।

'लहरों के संग' यद्यपि लेखिका द्वारा लिखी गई पहला ही कहानी संग्रह है लेकिन इस पहले ही संग्रह और लेखिका की प्रारंभिक कहानियों में एक ऐसे अनुभवी और परिपक्व कथा शिल्पी के रूप में पाठकों के बीच उनकी छवि उभरती है, जो एक साथ नितान्त वैयक्तिक चेतना के साथ-साथ सामाजिक विषमताओं की ओर हमारा ध्यान आकृष्ट करने में सक्षम, समर्थ साबित हुई है। ऐसा लगता है जैसे डॉ. करुणा पीटर 'कमल' कथा साहित्य में आने के पूर्व अपनी पूरी तैयारी के दौर से गुजर चुकी हैं। लेखिका के द्वारा कोई जल्दबाजी या चमत्कार पैदा करने की कोशिश भी नहीं की गई है बल्कि अपने आसपास के परिवेश और उसकी विसंगतियों एवं विकृतियों को अपनी कहानी का मूल विषय बनाकर एक सार्थक एवं प्रभावी संदेश देने के दायित्व बोध का परिचय देते हुए 'लहरों के संग' कहानी संग्रह की प्रत्येक कहानी को रचा गया है।

लहरों के संग में कुल बारह कहानियाँ संग्रहित हैं मसलन- आशीष, भूख, बन्धन,

ममता, बीमार कौन, नशा, पराए ख़ून का रंग, मुखौटा, चेक पोस्ट, दस्तक, आत्मग्लानि, जीवन दान। इनमें कुछ कहानियाँ कथ्य और शिल्प की दृष्टि से उबड़–खाबड़ जमीन पर जरुर लिखी गई है किन्तु उसे समतल बनाने की एक ईमानदार कोशिश भी लेखिका ने स्वयं के स्तर पर किया है। अपनी पहली ही कहानी 'आशीष' में लेखिका ने अभिशप्त, पीड़ित और लांक्षित लोगों की पीड़ा को जिस तरह से महसूस किया है और कहानी के पात्रों द्वारा अपनी क्षमता के मुताबिक कड़ाके की ठंड से बचने के लिए जिस प्रकार कंबल का वितरण किया गया है और इसे कहानी का मूल कंटेंट बनाया गया वह दिल को छू जाती है। यह रचनाकार की सहज भावों की अभिव्यक्ति नहीं तो और क्या है ? किसी को अपना सुख सामर्थ्य और समृद्धि में ही सुख की अनुभूति होती है तो लेखिका को पीड़ित, वंचित और लांक्षित लोगों के आंख से गिरने वाले आँसू को पोंछने से ही अनहद आनन्द की अनुभूति होती है। भूख, बन्धन और ममता कहानी को भी निश्चित रूप से सामाजिक सरोकारों के प्रति संवेदनशील कहा जा सकता है। साथ ही साथ इन कथानकों के हवाले से लेखिका के भावुक और संवेदनशील हृदय की अभीप्सा की तह तक अवश्य पहुँचा जा सकता है। इसमें कहानीकार का व्यक्तिगत स्वार्थ निहित नहीं है बल्कि इसके विपरित उनकी हर कहानियों में सर्वत्र एक सतर्क, सहृदयता, प्रकृति, मनुष्य के जीवन और उसके संबंधों को गहराई से समझने की और उसे महसूस करने की एक उत्कंठा साफ तौर पर दिखाई देती है। किसी भी कहानीकार के लिए यह आवश्यक है कि वह किसी विचारधारा के प्रति प्रतिबद्ध हो या अपनी रचनाधर्मिता के प्रति। दोनों धाराएं मौजूद हैं। कभी कभी एक ही कथाकार में विचारधारा और रचनाधर्मिता मिश्रित रूप में देखी जा सकती है। किसी कहानी की रचना में विचार कथ्य रूप में होता ही है लेकिन जो रचनाकार रचनाधर्मिता के प्रति प्रतिबद्ध होता है वह जब, जहाँ, जिस रूप में सत्य को देखता है, उसे अपनी रचनाओं में हू–ब–हू उतार देता है। यह उसकी रचनाधर्मिता को उजागर करता है। अत : लहरों के संग की कहानियाँ मेरी दृष्टि में रचनाधर्मिता की कसौटी पर खरी उतरती है। लेखिका की एक कहानी है 'बन्धन', जिसे पढ़कर हृदय स्पंदित और कंपित हुए बगैर नहीं रह सकता है। कोरोना जैसी महामारी पर केन्द्रित यह कहानी एक तरफ नकारात्मकता

में सकारात्मकता का संदेश देती है तो दूसरी ओर सास और बहू के बीच माँ और बेटी जैसा सम्बन्ध स्थापित कर भी आज के समाज में मानवीय गरिमा के उच्चतम आदर्श स्थापित करने की कोशिश लेखिका के द्वारा की गयी है। जिसकी जितनी सराहना की जाए कम है।

सामाजिक सरोकार से जुड़ी लेखिका की एक और कहानी 'जीवनदान' की ओर बरबस ध्यान जाना भी स्वाभाविक ही है। इस कहानी में समाज के आरोह-अवरोह और घात-प्रतिघात से दो-दो हाथ करके अजय ने अमीता के शूल भरे जीवन को फूल में तब्दील कर दिया। शादी की पचासवीं वर्षगांठ मनाते हुए सुखी दाम्पत्य जीवन व्यतीत करने की बात सशक्त ढंग से की गयी है। आजकल जैसे कविता में बिम्बों, प्रतीकों का सहारा लिया जाता है वैसे ही कहानी में भी बिम्बों और प्रतीकों का सहारा लेकर कहानियाँ लिखी जा रही है, उस कसौटी पर भी डॉ. करुणा पीटर कमल खरी उतरती हैं। मिथिलेश्वर जिन्हें सोवियत लैंड पुरस्कार से अलंकृत किया गया था। वे अपनी कहानियों में भी बिम्बों और प्रतीकों के सहारे कविता लिखे हैं।

इस प्रकार लेखिका की प्रत्येक कहानी में किसी न किसी प्रकार से सामाजिक यथार्थ को व्यक्त करते हुए सकारात्मक संदेश दिया गया है। अभी वर्तमान समय का सबसे बड़ा संकट है कि, चाहे कविता हो या कहानी, निबंध हो या नाटक वह पाठक वर्ग की उदासीनता का शिकार हो गया है जबकि कहानीकार तरह-तरह के प्रयोग करके कहानियों को समाज सापेक्ष बनाने का निरन्तर प्रयास कर रहे हैं।

कथ्य के स्तर पर, शिल्प के स्तर पर और भाषा के स्तर पर जब सामाजिक यथार्थ को कहानीकार अपनी कहानियों में स्थान देने लगता है तो सोचता है कि यह चीज अच्छी है, यह बुरी है, यह उचित है और यह अनुचित। यह मनुष्य के हित में है और यह नहीं, यह चीज मनुष्य को मनुष्य बनाती है या नहीं। इस प्रकार के विचारों से जुझते हुए एक तरह से रचनाकार स्वयं समीक्षक की भूमिका में आकर अपनी रचना का प्रतिपाद्य विषय बनाता है और जहाँ तक मैं समझता हूँ 'लहरों के संग' संग्रह की कहानियों को लिखते समय डॉ. करुणा पीटर 'कमल' ने अवश्य ही इसे महसूस किया होगा। आशा ही नहीं वरन पूर्ण

विश्वास है कि पाठक वर्ग को इनकी कहानियाँ खूब-खूब अच्छी लगेंगी। और न सिर्फ अच्छी लगेंगी बल्कि जिस भाव भूमि पर कहानियों की रचना की गयी है, उससे आने वाली पीढ़ी प्रेरित भी होगी। मैं डॉ. करुणा पीटर 'कमल' के उज्ज्वल भविष्य की कामना के साथ, वे सृजन के शीर्ष तक पहुँचने में कामयाब हों, ऐसी कामना करता हूँ।

डॉ रत्नेश्वर सिंह
पूर्व एसोसिएट प्रोफेसर
मनोविज्ञान विभाग
एस. एन. आर. के. एस. कालेज, सहरसा
बी. एन. एम. यू. मधेपुरा।

अपनी बात

'लहरों के संग' कहानी-संग्रह की कहानियाँ मेरे जीवन को छूते हुए अन्य लोगों के जीवन अनुभवों की भी कहानियाँ है। ये समाज की जटिलता, गरीबी, मानवीय करुणा एवं नैतिकता पर केंद्रित हैं। कहानियों की नींव यथार्थ की भूमि पर रखी गई है, जिसे मैंने अपनी कलात्मकता, रचनात्मकता और कल्पनाशीलता से नवीन आकृति प्रदान करने का प्रयास किया है।

मुझे बचपन से ही कुछ-कुछ लिखते रहने की आदत थी। ये आदत कब कहानी लेखन में बदल गई, मुझे पता ही नहीं चला। संभवत: परिवेशगत संवेदनशीलता ने मुझे कहानी लेखन की ओर अग्रसर किया होगा। कहानी लेखन के लिए प्रतिदिन आस-पास घटित होनेवाली घटनाएँ, चरित्र या लोगों के किस्सागोई में ही कोई रोचक पक्ष मिल जाते हैं, जो चिंतन को प्रभावित करते हैं, हमारे हृदय को छू जाते हैं और मन कथा गढ़ने लगता है।

मैंने महसूस किया कि जीवन विविध रंगों में रंगा हुआ एक कैनवास है। संसार में हर मनुष्य किसी-न-किसी पात्र की भूमिका अदा करता है। वह जीवन के सुख-दु:ख के लहरों पर सवार जीवन सागर में डूबते-उबरते हुए भवसागर पार करता है। कहानी लेखन में मेरा रुझान संभवत: इसलिए भी बढ़ा होगा कि कहानी के माध्यम से मानव के संघर्ष, मानवीयता, करुणा, सहानुभूति आदि भाव को सहजता से व्यक्त किया जा सकता है।

कहानी जीवन के हर रंग को कहती हैं। प्रतिदिन पारिवारिक-सामाजिक जीवन में किसी-न-किसी कथ्य का उद्‌घाटन होता रहता है। कहानी में पात्रों की भावनाओं और

उनके जीवन के उतार–चढ़ाव को सजीवता से चित्रित किया जाता है। यह सत्य हैं कि जीवन में घटित होनेवाली घटनाओं को जिसे हम महसूस करते हैं, जिससे हम कथा सृजन के लिए सजग होते हैं, उन्हें हू–ब–हू आकार दे पाना संभव नहीं होता है, शब्दों का आकार लेते–लेते अनुभूत अनुभूतियाँ और संवेदनाएँ कहीं बिखर जाते हैं, परंतु कुशल कथाकार उसे अपनी रचनात्मकता की डोर से मजबूती प्रदान करने का प्रयास करता है। प्रेमचंद जी ने कहा है कि कथ्य का उद्देश्य जीवन के किसी एक पहलू या मनोभाव को यर्थाथवादी और संवेदनशीलता से प्रस्तुत करना है।

कहानी लेखन में मैं बहुत दक्ष तो नहीं हूँ किन्तु यदि मेरी कहानियाँ आपको अपने जीवन की घटना लगे, आप अपने जीवन के पात्रों से साक्षात्कार कर सके तो मैं अपना प्रयास सफल समझूँगी।

मेरी बड़ी बहन किरण साहित्य में रुझान रखती है। वह मेरी कहानियों की प्रथम पाठिका है। उनके विचार और सुझाव मेरा मनोबल बढ़ाते हैं। मेरी मित्र जेसी और अर्चना भी मेरा उत्साहवर्धन करती रही हैं। मैं उनके प्रति अपना आभार व्यक्त करती हूँ।

गुरुदेव डॉ.कलानाथ मिश्र का स्नेहसिक्त आशीर्वाद और प्रोत्साहन मेरे लेखन को नया आयाम देता रहा है। मैं उनके प्रति सादर कृतज्ञता व्यक्त करती हूँ।

भातृतुल्य डॉ. अमित कुमार मिश्र जी का प्रोत्साहन और सहयोग ने मेरे पुस्तक प्रकाशन के सपने को साकार किया है। उन्होंने हर कदम पर मेरी सहायता की है। आपने अमूल्य योगदान देकर मुझे कृतकृत्य कर दिया। प्रसिद्ध साहित्यकार डॉ. रत्नेश्वर जी ने सारगर्भित भूमिका लिखकर मुझे कृतार्थ किया है। इसके लिए मैं तहे दिल से आप दोनों की आभारी हूँ।

अंत में अपने माता–पिता, समस्त परिवार, पति, बच्चों के प्रति कृतज्ञता व्यक्त करती हूँ, जिनके सहयोग, आशीर्वाद और स्नेह के बिना लेखन संभव नहीं था।

करुणा पीटर 'कमल'

अनुक्रमणिका

कहानियाँ

आशीष

मनोरमा और मयंक एक निजी संस्था में काम करते थे। दोनों स्वभाव से मृदु, दयालु तथा बड़े संकोची थे। एक बार सुनसान सड़क पर सर्द रात के अंधेरे में उनकी गाड़ी सांय-सांय की आवाज करती दौड़ती चली जा रही थी। सारा शहर गहरी नींद में था। सड़क पर ठिठुरते कुत्तों के सिवा कोई भी न था। बीच-बीच में भारी वाहन अपनी लाइट का फोक्स आँख पर डालते हुए निकल जाते थे। कुछ समय के लिए रात का खौफ दिल दहला देता किन्तु इस युगल दंपत्ति को कौन डरा सकता था। बस कोई उन्हें यह काम करते न देख ले, इसका भय उन्हें अवश्य सता रहा था। मनोरमा और मयंक दोनों जैसे अलसाए हुए मौन धारण किए गाड़ी में बैठे थे।

राजापुर पार करते ही मनोरमा अपने कार चालक से बोली, 'प्रेम, गाड़ी की गति धीमी कर लो और फुटपाथ पर नजर रखो। यदि कोई दिखे, तो गाड़ी रोकना।'

प्रेम ने धीरे से कहा, 'ठीक है। पर मैम....कौन..' उसकी बात पूरी भी नहीं हुई थी कि मनोरमा ने आगे कहा, 'और देखो यदि कोई दिखे तो तुरंत गाड़ी रोक कर सामने रखे कंबल में से एक उसे ओढ़ा देना'।

'ओढ़ा देना!.... क्या मतलब?' मयंक चकित होकर बोला।

'ओह! समझे नहीं, यदि हम उतरेंगे तो संभव हो कि हमें कोई देख ले। इससे समय भी अधिक लगेगा और... हमें तो यह काम आज रात ही पूरा करना है।' मनोरमा बड़े दृढ़ स्वर में बोली और मयंक ने 'हूं....' कहकर सिर हिलाते हुए अपनी सहमति दे दी।

तभी एक जगह गाड़ी रोककर प्रेम ने झट से दरवाजा खोला, हाथ में एक कंबल लेकर सड़क किनारे सो रहे एक व्यक्ति के ऊपर डाल दिया। वह व्यक्ति न हिला न डुला और प्रेम उसकी प्रतिक्रिया के लिए रूका भी नहीं, तुरंत आज्ञानुसार लौट गया। और इसी प्रकार प्रेम अपने घर से गाँधी मैदान तक कई जगह रूक-रूक कर निर्देशानुसार सो रहे लोगों को कंबल ओढ़ाता चला गया।

प्रेम ने गोलंबर पर आकर गाड़ी एक जगह खड़ी कर दी। मनोरमा कार की खिड़की

खोलकर बाहर देखने लगी। बाहर का दृश्य हृदय विदारक था। इस दृश्य को देखकर मनोरमा की आँखें भर आई। उसके मुख से एक आह भर निकली। वृक्षों के कुँज के नीचे कई लोग जूट का बोरा तथा प्लास्टिक ओढ़े सो रहे थे। उन्हें देखकर यह जान ही नहीं पड़ रहा था कि वहाँ सामान रखा हैं या लाश पड़ी हैं। चारों तरफ खामोशी थी। सब कुछ शिथिल, निस्तब्ध, बेजान-सी थी। मनुष्य पशु सदृश खुले आसमान तले निद्रा में खोए थे। उन लोगों को प्रकृति ने वृक्षों की डालियों और पर्णों से निर्मित छत्त प्रदान किया था। ऐसा लग रहा था मानो वृक्षों ने उन्हें गोद ले लिया है। बूँद-बूँद करके उन वृक्षों से ओसकण टपक रहे थे।

मयंक इस दृश्य से आहत होकर बोला, 'इतने लोगों के सर पर छत्त नहीं है। और हमें अपने आराम से फुरसत नहीं।'

मनोरमा मयंक की बातों से सहमत होते हुए बोली, 'तुम ठीक कहते हो।... ईश्वर को बहुत-बहुत धन्यवाद कि कम-से-कम हमारे पास घर है। हमें कृतज्ञ होना चाहिए।'

मयंक गहरी साँस भरते हुए बुदबुदाने लगा, 'आज की रात मानो प्रकृति भी कहर बरसा रही है। हाथ-से-हाथ न जान पड़ता है और ये बेचारे.....इस तरह...।'

प्रेम ने झटके से मयंक की ओर का दरवाजा खोला, जिससे मयंक की चेतना वापस लौटी और वह प्रेम के साथ अपने हाथों में कंबल लेकर उतरा। दोनों फटाफट उन सब के तन पर कंबल डालते चले गए। वे इस काम को इतनी शीघ्रता से कर रहे थे कि जब तक किसी को कुछ आभास होता, वे वहाँ से निकल जाते थे।

आगे बढ़ते हुए मनोरमा और मयंक का मन व्यथित हो रहा था। गाड़ी अपनी धीमी गति से घूम रही थी। वे गाँधी मैदान का एक चक्कर लगाते हुए उसके दूसरे छोर पर पहुँचे और सोते लोगों पर कंबल डालने लगे। कंबल डालते ही एक की नींद खुल गई। पता नहीं उसने उन्हें नींद में चोर समझा या कुत्ता।

अर्धनिद्रा में वह घबराता हुआ, 'हे...हे...दूर्र-दूर्र..' कहकर दुत्कारने और शोर मचाने लगा।

प्रेम ने उसे शांत करते हुए धीरे से कहा, 'भाई! आप घबराए नहीं....। शांत और

निश्चिंत हो जाए। हम कोई चोर नहीं हैं। देखिए, हमारे साहब ने आपको कंबल दिया है।' और वह यह सुनते एवं देखते हुए निश्चिंत होकर कंबल में सिमट गया।

मयंक सोचने पर विवश हो गया। उसने गंभीर होकर मनोरमा से कहा, 'मनु, क्या है यह जीवन? क्या ईश्वर को यह सब नजर नहीं आता? धर्म के ठेकेदार और नेता क्या कर रहें हैं? क्या उन्हें मानव की यह दशा दिखाई नहीं देती या वे देखना ही नहीं चाहते हैं।'

मनोरमा उसके मनोभाव को जानकर थोड़ी उग्र होकर बोली, 'यह दुनिया स्वार्थी है स्वार्थी.., सभी को अपने भले की चिंता है। सब को सब कुछ दिखता है। किन्तु उन्हें तो केवल वहीं दिखाई देता है, वहीं उनकी चेतना जगती है, जहाँ से वे सबकी आँखों पर छा सकते हैं।'

तभी अचानक मनोरमा की नजर एक समूह पर पड़ी। कुछ लोग सड़क के किनारे ही प्लास्टिक का अपना आशियाना बनाकर पूरे परिवार के साथ चैन की नींद सो रहे थे परन्तु एक वृद्ध की आँखों में नींद नहीं थी। नींद तो जैसे उससे रूठ गई थी, भयंकर पाला जो उसे सता रहा था। वह अपने को एक फटी-पुरानी सूती धोती में समेटने का असफल प्रयास कर रहा था।

मनोरमा ने कातर स्वर में कहा, ' ओह! उस वृद्ध को देखो। आह!... उसकी धोती....भी कैसी....वह तो...पूर्ण रूप से ओस की बूंदों से भींग गई है। इस घने कोहरे को देखकर तो ऐसा लग रहा था मानो आज की रात समाज की इस निष्ठुरता पर प्रकृति आँसू बहा रही है। '

वह वृद्ध अपने दुख में खुद को नजर अंदाज कर रहा था। शीतलहर के प्रकोप से वह पत्ते की तरह थर-थर कांप रहा था। उसकी दशा देखकर उन दोनों की आत्मा व्याकुल हो गई। समाज के इस विद्रुप रूप से उनका मन विक्षिप्त-सा होने लगा।

मनोरमा अपने आप को संभालते हुए मयंक से बोली, 'अब एक क्षण भी गंवाना उचित नहीं। चलो, हम उस बाबा के पास चलें।'

दोनों गाड़ी से उतर कर उस वृद्ध के तन को एक कंबल से ढ़क दिये। तत्क्षण वृद्ध आंखें फाड़-फाड़कर देखने लगा। वृद्ध की कृतज्ञतापूर्ण नजर उन्हें अपलक देख रही थी। वह

कुछ कहना चाहता था, पर शायद उसकी जुबां साथ नहीं दे रही थी। वह वृद्ध अपनी पथराई नजर और काँपते हाथ बारंबार उनकी तरफ उठा रहा था। उसने नि:शब्द आशीर्वादों की झड़ी–सी लगा दी थी। उसके मौन आशीर्वचन से दोनों भाव–विभोर हो रहे थे। उन्हें एक सुकून का एहसास हो रहा था। मनोरमा और मयंक के चेहरे पर सौम्य एवं स्निग्ध मुस्कान थी। सचमुच आज उन्हें परमानंद की अनुभूति हो रही थी।

आत्मग्लानि

पूजा अपने कार्यालय की कुर्सी पर गुमसुम बैठी अतीत के धागों को सुलझाने का प्रयास कर रही थी। उसने दिल पर पत्थर रखकर कल रात यह निर्णय लिया कि उसकी बेटी इस बार बी.ए. की परीक्षा नहीं देगी। इस निर्णय की वजह से वह बहुत परेशान थी। वैसे तो यह बहुत मामूली परेशानी थी किन्तु उसने जो अपनी बीटिया के लिए बड़े-बड़े सपने देखे थे उसका क्या....। उसकी आँखें नम थी, उसकी सारी मेहनत पर पानी फिर गया था। बहुत कोशिशों के बाद भी उसके जीवन की कालिमा छटने का नाम नहीं ले रही थी। उस वक्त पूजा बिलकुल अकेली थी। उसके लिए सारा दफ्तर खाली था। हालाँकि, कर्मचारियों का टी ब्रेक था और सभी कर्मचारी यहाँ-वहाँ गप्पे मार रहे थे। टी ब्रेक की वजह से कार्यालय में काफी चहल-पहल थी किंतु कार्यालय की हलचल उसके ध्यान को अपनी ओर आकर्षित नहीं कर पा रही थी। वह मन ही मन अपने आप को कोस रही थी, प्रायश्चित की आग में जल रही थी। काश! वह अपने आप को संयमित कर पाती, तो आज उसकी बेटी....।

'अरी पूजा, कहाँ खोई हो, सबकुछ ठीक है न', उसके ध्यान को भंग करती हुई उसकी अंतरंग सहेली अंजना ने पूछा।

कहते हैं चेहरा मन का आइना होता है। आँखें बेजुबान होकर भी सबकुछ कह डालती है। इसलिए पूजा नजर चुराते हुए बोली, 'हाँ, हाँ बिल्कुल ठीक हूँ। मुझे क्या होना है।'

अंजना उसे ध्यान से देखने लगी, फिर उसका चेहरा अपनी हथेली में लेते हुए बोली, 'अरे अब बता भी.....हुआ क्या है...अच्छा...अगर कुछ नहीं हुआ, तो नजर क्यों चुरा रही हो? क्या मैं तेरी उदासी और परेशानी को नहीं देख सकती? दो-चार दिनों से देख रही हूँ, तुम हमसब के बीच होते हुए भी अकेली रहती हो। हुआ क्या है यार....।'

पूजा झूठी मुस्कान बिखेरते हुए बोली, 'मैंने कहा न....कोई बात नहीं है....भला मैं तुमसे अपनी परेशानी साझा क्यों न करूँगी...एक तू ही तो अपनी है....तू मेरा विश्वास कर। तू बेकार में परेशान होती है।'

अंजना ने दु:खी होकर कहा, 'चल यार, अब बहुत हुआ....तुझे मेरी कसम है.... अब जल्दी से बता भी दो। मुझसे कुछ भी न छिपा। वरना अब मैं नाराज हो जाऊँगी, समझी।'

पूजा उसकी आत्मीयता को देखकर अपने को रोक न सकी। उसकी आँखें भर आई। वह अपने आँचल में मुँह छिपाकर फूट-फूटकर रोने लगी। उसे रोता देखकर अंजना स्तब्ध रह गयी। पूजा पूरे कार्यालय में अपनी कर्मठता और साहस के लिए जानी जाती थी। कई लोग तो उसे आयरन वुमन के नाम से पुकारते थे, उसकी ये दशा...। सत्य ही कहा गया है कि हर मनुष्य के दो रूप होते हैं। ऐसी क्या बात हो गई कि वह ऐसे टूटकर बिखर रही है। अंजना उसके पास खड़ी रही और अपने स्पर्श से उसे सांत्वना देती रही। उसका स्नेहसिक्त स्पर्श पाकर कुछ देर में पूजा किसी तरह अपने को समेट पाई।

पूजा सिसकियाँ लेते हुए कहने लगी, 'तुम्हें पता है अंजू, मेरी बेटी बहुत शांत, जिम्मेदार, परिश्रमी और प्यारी बच्ची है। पर पढ़ाई में बहुत कमजोर है। कठिन परिश्रम करने के बावजूद भी वह सफलता प्राप्त नहीं कर पाती। इस वजह से वह गुमसुम-सी होती जा रही है। उसकी चंचलता खो रही है। मुझे उसकी बहुत चिंता हो रही हैं। यह बात भी सही है कि वह सदा से ऐसी नहीं थी। बचपन में मेरी मोहिनी प्रखर बुद्धि की बच्ची थी। मुझे उससे बहुत उम्मीदें थीं। वह मन लगाकर अध्ययन करती थी। उसे न तो कुछ याद करने में दिक्कत होती थी और न ही याद रखने में। एक बार पढ़ने के बाद दुबारा याद करने की जरूरत ही नहीं पड़ती थी। पर पता नहीं ईश्वर को क्या मंजूर है....या यूँ कहूँ कि यह मेरे ही किसी कर्म का फल है.... तो गलत न होगा। मेरे धार्मिक कार्यों...प्रार्थना सभाओं में सक्रिय भागीदारी, खासकर मेरी त्याग-तपस्या को देखकर लोग कहते हैं, तुम इतना कष्ट क्यों सहती हो? कभी हाथ पर दीया लेकर प्रार्थना करना, कभी लेटकर देवालय के चौखट तक जाना, कभी दो-तीन दिन व्रत करना आदि...अरे...इसके बिना भी ईश्वर प्रसन्न हो सकते हैं। संभव हो कि किसी को यह ढोंग या दिखावा लगता हो। लेकिन मैं तुमसे सच कहती हूँ, यह मेरे ही कर्मों का फल है। इसलिए मैं प्रायश्चित करती हूँ। यदि संभव हुआ, तो इससे भी कठोर व्रत करने से पीछे न हटूँगी। बस...किसी तरह

मेरी मोहिनी ठीक हो जाए।'

अंजना उसे संबल देते हुए बोली, ' ऐसा क्यों सोचती हो....तुमने ऐसा क्या किया है. जिसकी वजह से तुम्हें प्रायश्चित करना पड़े। मैंने तो तुम्हें हमेशा दूसरों के लिए जीते देखा है। सबकी मदद के लिए तत्पर रहती हों, भले ही तुम्हारा नुकसान ही क्यों न हो जाए। तुम्हारे जैसा नि:स्वार्थी मनुष्य संसार में कम ही पाए जाते हैं। पर मैं इतना जानती हूँ, जो ईश्वर पर आस्था रखते हैं ...ईश्वर उसकी ज्यादा ही परीक्षा लेते हैं पर वे अपने भक्तों को कभी त्यागते नहीं हैं। तुम अपने आप को दोषी न समझो। तुमने कभी किसी का न तो बुरा चाहा है न किसी का बुरा किया है। फिर तुम कैसे अपने को अपराधी समझती हो। सब कुछ ईश्वर की मर्जी से होता है। सब ठीक हो जाएगा। जहाँ तक मोहिनी का सवाल है, तुम देखना...वह जिंदगी में बहुत ऊँचे मुकाम को प्राप्त करेगी। एक दिन तुम्हें उसपर गर्व होगा।'

'हाँ, शायद तुम ठीक कहती हो। तुम्हारा विश्वास और आशीर्वाद रंग लाएगा।' यह कहते हुए पूजा का चेहरा खिल उठा।

अंजना पूजा को सांत्वना तो दे रही थी किन्तु उसके मन में एक उलझन थी। जब वह दुर्दमनीय हो गया तो वह पूजा से पूछी, 'बुरा न मानो तो एक बात पूछूँ। मोहिनी मेरे सामने बड़ी हुई है। वह बहुत स्मार्ट है। पलक झपकते ही काम कर देती है, फिर उसकी इस हालत का कारण क्या हैं?' उसके साथ कोई ऐसी-वैसी घटना तो घटित नहीं हुई?'

पूजा थोड़ी गंभीर होकर बोली, 'अंजू, विद्यार्थी जीवन में उसके साथ कुछ अनिष्ट हुआ अथवा नहीं, ये मैं नहीं जानती। दसवीं कक्षा तक तो सब कुछ ठीक था। संभवत: बचपन में उसकी देखभाल में मुझसे लापरवाही हो गई हो। वैसे ये तो सभी जानते हैं कि सात साल की आयु में मोहिनी को टायफाइड हो गया था। बहुत तेज ज्वर था, उतरने का नाम ही न लेता था। सारा बदन आग की तरह तपता रहता था। दवा के असर से जबतक बुखार उतरता कि फिर चढ़ने लगता था। सारा समय पानी की पट्टी दी जा रही थी। लेकिन बुखार इतना जबरदस्त था कि उतरता ही नहीं था। रात-दिन अरविंद और मैं उसे लेकर बैठे रहते थे। एक बार बुखार अचानक उसके मस्तिष्क पर चढ़ गया, उसकी आँखें उलट गई

और वह संज्ञाहीन हो गई। लगभग आधे घंटे तक बेहाश रही। उसके चेहरे पर पानी उढेला गया किन्तु उसके शरीर में तनिक भी हरकत न हुई। हम दोनों बदहवास से सिर पर पाँव रखकर उसे लेकर अस्पताल भागे। कोई उम्मीद न बची थी। ऐसा लग रहा था कि मेरी गोद सुनी हो गई। हम दोनों जोर-जोर से विलाप कर रहे थे। भगवान की दुहाई दे रहे थे...हे प्रभु! आप हमारे साथ अन्याय नहीं कर सकतें...आप अपना वरदान वापस नहीं ले सकते....आपको इसे लौटाना होगा....हमारी याचना सुनी गई...अचानक उसके शरीर में हरकत-सी महसूस हुई, मानो परमात्मा ने उसे जीवनदान दिया हो। उसे होश आने पर जब अपने ऊपर ध्यान दिया तो पता चला कि हम नंगे पाँव और अस्त-व्यस्त कपड़ों में हैं। सच में दु:ख के समय कोई भी साक्षर या गँवार नहीं होता, वह तो एक विपदाग्रस्त इंसान होता है, जो अपने होशोहवास में नहीं होता। अस्पताल में उसका इलाज चला। कई जाँच किए गए। लम्बे समय के इलाज के बाद वह ठीक होकर घर आ गई और स्वस्थ होकर सामान्य जीवन जीने लगी। उसकी सारी गतिविधियाँ व विकास सामान्य बच्ची-सी रही।'

अंजना बोली, 'हाँ. इस बात की थोड़ी बहुत जानकारी मुझे है। लेकिन मोहिनी बचपन में अपने क्लास में अच्छे पॉजीशन पर रहती थी। अचानक पढ़ाई में इतना पीछे कैसे.... यह समझ में नहीं आता।'

पूजा अब भी सिसकियाँ ले रही थी, सिसकियों के बीच कहना शुरू किया-' यही तो रात-दिन मुझे सालता रहता है। शायद मैं ही उसकी इस स्थिति के लिए जिम्मेदार हूँ। बात उन दिनों की है जब हमारी छुट्टियाँ चल रही थी। प्रतिदिन हम कहीं-न-कहीं सैर पर निकल जाते थे। उस दिन हम थोड़ी दूर निकल गए। लौटने में लेट हो गई थी और सभी थक गए थे। बच्चे जल्दी सो गए। लगभग आधी रात को अचानक मोहिनी नींद में बड़बड़ाने और संज्ञाहीन-सी होने लगी। हमने सोचा कोई सपना देखी होगी। पर जब लगातार ऐसा होने लगा तो हमें कुछ अनिष्ठ की आशंका हुई। हम डॉक्टर से मिले। उन्होंने मस्तिष्क पर किसी तरह के आघात के अथवा खानदान के किसी सदस्य में इसके लक्षण पाए जाने के विषय में पूछा। हमने आघात तो नहीं किन्तु बचपन के ज्वर के विषय में बताया, तो उन्होंने

कहा कि उस ज्वर की वजह से इसके मस्तिष्क पर गहरा आघात पहुँचा है। इसका इलाज करवाना होगा। फिर क्या था.....हमने भारत के श्रेष्ठ चिकित्सकों का सुझाव लिया, इलाज करवाया, जिसके परिणामस्वरूप मोहिनी स्वस्थ तो होने लगी किन्तु दवाओं की अधिकता से उसकी स्मरणशक्ति क्षीण होती गई और उसका शरीर सुस्त रहने लगा। दवाओं के असर से उसे नींद अधिक आती और वह पढ़ाई में पिछड़ती चली गई। फिर नौबत यहाँ तक आ गई है कि वह रात-दिन एक करके पढ़ाई नहीं कर सकती है। इस वजह से उसकी सफलता पर प्रश्नचिह्न लग गया है और एक बार तो कुंठा की अवस्था में उसने स्वयं को क्षति पहुँचाने की कोशिश भी की। अंजू....मैं कायर हूँ...कायर... मुझमें अपनी गलती स्वीकारने की हिम्मत नहीं है।'

अंजना ने बड़ी सहजता से कहा, ' अरे पगली.....बस इतनी-सी बात है....। भगवान का शुक्रिया अदा कर कि उसने तुम्हें एक सुंदर, आकर्षक, प्यारी-सी बेटी दिया है। यह कोई बड़ी बात नहीं है कि वह पढ़ने में अच्छी नहीं है। एक अच्छी इंसान तो है न.....। तुम्हारी बात मानती है.....उसकी कोई बुरी संगति नहीं है.....बड़ों का सम्मान करती है....किसी तरह की कोई बुरी आदत नहीं है। आज के युग में और क्या चाहिए तुम्हें। चलो अब रोना-धोना छोड़ों और ईश्वर पर भरोसा रखकर उसे उन्हीं के हवाले कर दो। जब बहुत करने पर भी परिस्थितियाँ हमारे अनुकूल न हो पाए, तो उसे ईश्वर पर छोड़ देना चाहिए।'

पूजा ने अंजना का हाथ पकड़ लिया और बोली, 'अंजू, बस इतनी-सी बात नहीं है, बात बहुत बड़ी है...उस घटना के परिणाम ने मेरी रातों की नींद उड़ा दी है। मेरा हृदय रात-दिन मुझे कोसता रहता हैं। मैंने आज तक यह बात किसी को नहीं बताई है। मैं नहीं जानती कि मोहिनी की बीमारी का वह कारण है अथवा नहीं। पर मैं समझती हूँ कि मैंने जो अपराध किया है....उसके बोझ से मैं कभी मुक्त नहीं हो पाऊँगी।'

अंजना हक्की-बक्की होकर बोली, 'अब क्या बात है....तुम सबसे क्या छिपा रही हो.... साफ-साफ कहो।'

पूजा अपराधिनी की भाँति नजर झुकाकर बोली, ' बात उन दिनों की है जब अरविंद

के दोस्त और हमलोग मुंबई दौरे पर थे। एक दिन हमने मुंबई के समुद्र तट की ओर जाना तय किया। सभी बहुत उत्सुक थे, सुबह से ही तैयारी में लगे हुए थे। इसी बीच दोनों दोस्त अचानक बाजार से कुछ लेने के बहाने बाहर निकल गए। जाते-जाते कहा कि तैयार रहो, हमदोनों थोड़ी देर में आते हैं। सभी अपनी मौज में थे, मुझे उस वक्त उन दोनों को रोकना उचित नहीं लगा। लेकिन उन दोनों की थोड़ी देर.. थोड़ी देर न रही। घंटों बीत गए पर वे दोनों वापस नहीं आए। इधर बच्चे परेशान कर दिये, दोनों लगातार रोए जा रहे थे। चुप होने का नाम ही नहीं ले रहे थे। कुछ काम करना भी दुश्वार हो गया था। दोनों दोस्तों के न होने पर खास कर अरविंद की लापरवाही पर मन बहुत खिन्न हो गया था, उसपर ढ़ाई साल की मोहिनी मुझे छोड़ ही नहीं रही थी। मेरी गुस्सैल प्रवृत्ति ने परिस्थिति को बिगाड़ने में आग में घी का काम किया। मैंने अपना आपा खो दिया और मोहिनी को बिस्तर पर जोर से पटक दिया। वह सिर के बल गिर गई। सिर नहीं फटा... पता नहीं उसे गहरी चोट आई अथवा नहीं। पर जब मैंने उसे बिस्तर पर छटपटाते देखा तो मैं होश में आई, मेरा गुस्सा शांत हुआ। मोहिनी की आवाज बंद हो गई थी, मैं बहुत घबरा गई थी। अब एहसास हो रहा था कि कहीं उसके सिर पर चोट तो नहीं लगी। दस-पंद्रह मिनट बाद वह उल्टी करने लगी, मैं उसके सिर को लगातार सहलाने लगी। सिर पर कोई निशान नहीं था। मन घबरा रहा था और पछता भी रहा था। इसके कुछ घंटे बाद किराए के मोटरसाइकिल पर हमलोग मुंबई समुद्र तट घूमने निकले, किन्तु तब तक मोहिनी का शरीर बुखार से तपने लगा था। हम समुद्र तट के बजाय औषधालय गए। इंजेक्शन और दवा के एक-दो खुराक पर बुखार उतर गया। जब तक बुखार नहीं उतरा, मेरे गले में जैसे कुछ अटका रहा। मैं अफसोस करती रही, पर अरविंद से मोहिनी को पटकने की बात कहने का साहस न जुटा पाई। उस घटना के कई वर्ष बाद उसका दुष्प्रभाव उसके स्वास्थ्य पर दृष्टिगत होने लगा।'

इतना कहते-कहते पूजा का कंठ अवरुद्ध हो गया, वह चुप हो गई, उसकी आँखों से लगातार आँसू निकल रहे थे। उसके आँसू उसके मन की व्यथा को बता रहे थे। वह अंदर-ही-अंदर घुली जा रही थी और इस अपराध बोध से मुक्ति के लिए प्रायश्चित का

लगातार प्रयास कर रही थी। उस घटना के बाद उसे यह समझ में आ गया था कि क्रोध विनाश का कारण होता है। उसने अपने क्रोध पर अंकुश लगाया, फलत: उसने बच्चों पर हाथ उठाना बंद कर दिया। वह आत्मग्लानि से भरी रहती और अपनी बेटी की अस्वस्थता के लिए स्वयं को जिम्मेदार समझती तो थी पर स्वीकार कर सबकी नजरों से गिरना उसे गंवारा नहीं था। बस, उस घटना को यादकर वह सोचती रहती थी...कि काश! मैंने उस समय अपने गुस्से पर काबू किया होता.......।

क्रोध की अवस्था में मनुष्य की बुद्धि भ्रष्ट हो जाती है, जिससे मनुष्य सोचने-समझने की क्षमता खो देता है, वह पागलों-सा व्यवहार करने लगता है और इससे मूर्खता उत्पन्न होती है, उसका सर्वनाश हो जाता है। यह मनुष्य की आत्मा का अहित करता है। मनुष्य क्रोध के क्रूर परिणाम से अवगत होता है, इसपर विचार करता है, इसपर काबू भी पाना चाहता है किन्तु वह असमर्थ होता है। मनुष्य क्रोधावस्था में जो कुछ करता है, उसके परिणाम की ओर उसका ध्यान नहीं जाता। जब तक उसका गुस्सा शांत होता है तब तक स्थिति बदतर हो जाती है। ऐसा नहीं है कि सिर्फ सामान्य मनुष्य ही अपने क्रोध को नियंत्रित नहीं कर पाता, इसकी चपेट में आने से बड़े-बड़े ऋषि-मुनि, ज्ञानी, संत-महात्मा भी नहीं बच सके हैं।

अंजना को पूजा का गुमसुम रहना भाता नहीं था। वह उसकी मनोदशा देखकर दया से भर गई। उसने उसे एक उपाय सुझाया।

अंजना ने कहा, 'पूजा, मेरी बात ध्यान से सुनो। एक युक्ति द्वारा तुम इस आत्मग्लानि से मुक्त हो सकती हो।'

पूजा को उम्मीद की किरण दिखाई दी, उसने कहा, 'कहो न अंजू, मैं किसी भी तरह इस अपराधबोध से मुक्त होना चाहती हूँ।'

अंजना ने उसकी आँखों में झाँकते हुए कहा, 'पूजा, तुम ये बात अरविंद से साझा करो। संभव हो कि वह तुम्हें समझे और तुम सदा के लिए इस ग्लानि से मुक्ति पा लो।'

अंजना ने बात लाख रुपए की सुझाई थी। पूजा को उसका सुझाव पसंद आया। उसका मन खिल उठा। उसे अरविंद के प्यार और समझदारी पर विश्वास था। अगले

दिन शाम को जैसे ही अरविंद दफ्तर से आया, पूजा ने उसकी खूब खातिरदारी की। उसके लिए गरमागरम पकौड़े और चाय बनाए, नौकरों के होते हुए, उसने स्वयं नाश्ता परोसा और उसके नाश्ता करने तक उसके सामने बैठी रही। अरविंद उसके इस व्यवहार से थोड़ा अचंभित था। थोड़ी देर बाद अरविंद ने मुस्कुराते हुए पूजा से कहा, 'क्या बात है आज मुझपर बड़ा प्यार आ रहा है। कोई खास मांग है क्या?'

पूजा झेप गई और झिझकती हुई बोली, 'नहीं, नहीं.... कुछ नहीं....कोई मांग नहीं है, पर....एक बात कहनी है।'

अरविंद हँसते हुए बोला, 'तो इसके लिए इतनी खातिरदारी करने की क्या जरूरत है। तुम बिना मक्खन लगाए भी बोल सकती हो।'

पूजा ने अरविंद के हाथ को अपने हाथ में लेते हुए कहा, 'मेरा मन मोहिनी को लेकर बहुत परेशान है। मुझे लगता है कि उसकी बीमारी के लिए संभवत: मैं जिम्मेदार हूँ।'

अरविंद ने हाथ छुड़ाते हुए कहा, ' क्या कह रही हो, होश में तो हो।'

'मैं ठीक कह रही हूँ अरविंद...' पूजा ने कहा।

'मतलब'

पूजा ने साहस जुटाते हुए कहा, 'मैंने बचपन में मोहिनी को जोर से पटक दिया था, संभवत: उसके सिर पर गंभीर आघात पहुँचा था। उसकी तबीयत उस समय बहुत खराब हो गई थी। मैं बहुत डर गई थी इसलिए इसकी जानकारी तुम्हें नहीं दी किन्तु अब मुझसे सहा नहीं जा रहा है। मैं पागल हो जाऊँगी। प्लीज...मेरी मदद करो।'

इतना कहते हुए पूजा ने अरविंद को आद्योपांत सारी बात बता दी। बच्चों में अरविंद की जान बसती थी, यह उसके लिए असह्य था, सुनकर अरविंद के होश उड़ गए। जिन आँखों में पूजा के लिए सदा प्यार झलकता था, उन्हीं आँखों में खून उतर आया। पूजा को इस प्रतिक्रिया की बिल्कुल उम्मीद नहीं थी। वह सहम गई, अपनी सफाई देने की हिम्मत भी न जुटा पाई। अरविंद क्रोध से सूखे पत्ते की तरह काँप रहा था। दो दिनों तक उसने पूजा से कोई बात नहीं की, पूरे घर में खामोशी छाई रही। अंत में अरविंद ने पूजा को अपना फैसला सुनाया,– 'तुमने अपने क्रोध में आकर बच्चे का जीवन नष्ट कर दिया। अब हम

दोनों एक साथ नहीं रह सकते। तुम्हारी सज़ा ये है कि मोहिनी को लेकर कहीं चली जाओ और तबतक अपना मुँह नहीं दिखाना जबतक तुम उसे ठीक नहीं कर देती।' इतना कहकर अरविंद कमरे से निकल गया।

पूजा कमरे में रोती रही। वह जीवन में कभी अकेली नहीं रही...अरविंद ने भी उसे कभी अकेला नहीं छोड़ा। आज अरविंद इतना कठोर कैसे हो सकता है? हम से ही तो उसकी दुनिया हैं। वह मन-ही-मन में अपने-आप को धिक्कारने लगी, - 'मैंने क्यों.... क्यों इस बात को उजागर किया, अच्छा तो था मैंने राज को सीने में दबा के रखा था... ऊपफ! मैंने उसे साझा ही क्यों किया....। यदि यह मेरे अंदर दफ़न रहता, तो मेरा हंसता-खेलता परिवार होता।' कुछ क्षण मौन रूदन करने के बाद उसने अरविंद को समझाने और उसी घर में रहने का फैसला किया।

अरविंद और पूजा एक ही छत के नीचे अलग-अलग कमरे में अजनबी की भाँति रहने लगे। सप्ताह, महीना, दो महीना गुजरा। अरविंद मुड़कर भी नहीं देखता था। मोहिनी सोचती, पापा मुझसे क्यों नाराज़ हैं, मैंने कौन-सी गलती की है, वह अरविंद से पूछना चाहती थी, किंतु हिम्मत नहीं जुटा पाती थी।

एक दिन अरविंद को थोड़ा सहज देखकर मोहिनी को लगा कि उसका गुस्सा शांत हो गया है। उस दिन उसने निश्चय किया कि आज पापा से बात करूंगी। यह सोचकर वह अरविंद के कमरे के दरवाजे पर खड़ी हो गई। अरविंद बिस्तर पर आँखें बंद किए विचारों में खोया -खोया सा था। उसे मोहिनी के आने का एहसास नहीं हुआ।

मोहिनी हिम्मत जुटाकर आवाज़ दी- ' पापा! क्या मैं अंदर आ सकती हूँ।'

अरविंद उठ बैठा और बिना कुछ बोले अंदर आने का इशारा किया और मोबाइल हाथ में लेकर उसपर नज़र गड़ा दी।

मोहिनी उसके पास जाकर बोली-' पापा! आप मुझसे क्यों नाराज हैं? मैंने क्या किया है?'

अरविंद डबडबाई आँखों से उसके सिर पर हाथ फेर कर बोला, 'नहीं मेरी बच्ची.... मैं तुमसे कैसे नाराज़ हो सकता हूँ मैं तो...।'

उसकी बात पूरी भी न हुई थी कि मोहिनी अरविंद के और निकट बैठते हुए बोली, 'मैं आप दोनों को इस तरह नहीं देख सकती। मैं आप दोनों के अलगाव का कारण नहीं बनना चाहती। मुझे आप दोनों ही चाहिए। और पापा......गलती तो इंसान से ही होती है। फिर यदि मुझसे या मम्मी से कोई गलती हो गई ...तो अपनो को क्षमा भी तो किया जा सकता है। पापा....भगवान से भी गलती हो जाती है। तो....क्या हम भगवान को छोड़ देते हैं। नहीं न पापा। मैं बहुत छोटी हूँ। ऐसी बातें आपको बताना मुझे शोभा नहीं देता पापा। मुझे माफ कीजिए किन्तु यूँ अपने-आप को हमसे अलग मत कीजिए। मैं आप दोनों के बिना नहीं रह सकती।' यह कहते-कहते मोहिनी का गला अवरुद्ध हो गया।

अरविंद मोहिनी के आँसू पोंछते हुए बोला, 'तुमसे नहीं बेटी, मैं तो अपने-आप से नाराज़ हूँ। मैं अच्छी तरह तुम्हारा ख्याल नहीं रख पाया। मैं एक अच्छा पिता नहीं बन पाया।'

मोहिनी को बहुत देर तक अरविंद से बातें करते देखकर पूजा ने भी हिम्मत जुटाई और वह कमरे के दरवाजे पर आकर खड़ी हो गई। उसे देखकर मोहिनी ने कहा, ' मम्मी! वहाँ क्यों खड़ी हैं, अंदर आ जाइए।'

पूजा अंदर नहीं गई। उसके काँपते पैर और फड़कते होंठ बहुत कुछ कह रहे थे। वह दरवाजे पर खड़ी फूट-फूटकर रो रही थी। नम आँखों से अरविंद को देखते हुए बोली, ' अरविंद! तुमने मुझपर सदैव विश्वास किया। सदा मेरी हर बात मानते रहे। मेरे गुस्सैल स्वभाव को भी बर्दास्त किया। इस बार मुझसे अपराध हो गया है अरविंद.....लेकिन यह भी सच है कि मैं अकेली अपनी गलती सुधार नहीं पाऊँगी। मुझे तुम्हारी आवश्यकता है....मुझे ही क्यों...मोहिनी को भी तुम्हारी देखभाल और स्नेह की आवश्यकता है। मेरी गलती की सजा अपनी बेटी को न दो। तुमने जीवन के कठिन-से-कठिन राह में मेरा साथ निभाया है। मैंने आज तक तुमसे कोई बात नहीं छिपाई। इस गलती का बोझ मुझसे सहन नहीं हो रहा था। तुम्हें मैंने आहत किया। मुझे माफ कर दो। मैं तुमदोनों के बिना जीवन की कल्पना नहीं कर सकती। मुझे माफ करो.....जी न माने तो खरी-खोटी सुना दो...तब भी जी न माने तो दो-चार थप्पड़ ही जड़ दो। मैं उफ्फ नहीं करूँगी।'

अरविंद का दिल पसीजने लगा। वह उठकर दरवाजे तक गया और गले लगाते हुए बोला, 'पूजा गलती तो मुझसे भी हो गई। मैं शुरू से तुम्हारे गुस्से से अवगत था। जो हुआ वह बहुत गलत हुआ। बहुत सोचने पर मुझे लगा कि मोहिनी की बीमारी की वजह कुछ और भी हो सकती है और मैं आवेश में आकर तुम्हें इतना कठोर दंड दे बैठा। इसका एहसास होने पर भी अपने अहं के कारण परिस्थिति को सामान्य करने की मैंने पहल भी नहीं की। परिवार हमारा है....समस्या हमारी है तो हम मिलकर ही इसका सामना करेंगे।'

मोहिनी भी आकर दोनों के गले लग गई और बोली, 'हाँ, हमलोग एक है और ईश्वर ने चाहा तो फिर कभी ऐसे दिन नहीं देखने पड़ेंगे।'

अरविंद खिलखिलाकर बोला, 'हमारी रानी बीटिया सयानी हो गई और हमें पता भी नहीं चला।'

भूख

मनुष्य के जीवन में अन्न के एक-एक दाने का महत्व तब बढ़ जाता है, जब वह कई-कई दिन भूखे-प्यासे रहने के बाद इसे प्राप्त करता है। अपने पेट की भूख मिटाने के लिए कई बार मनुष्य को संसार की भूखी नजरों का सामना करना पड़ता है। जूठन खाना पड़ता है। और तो और मनुष्य अपनी मनुष्यता भूल कर कई बार पशुवत् आचरण करने पर मजबूर हो जाता है। इसी कड़वे अनुभव के कारण सरोजनी अपने बच्चों को भोजन प्लेट में न छोड़ने का सुझाव देती और बर्बाद करने पर नाराज होती। पर दु:ख से अनभिज्ञ बच्चे कहाँ समझनेवाले थे। आज फिर सरोजनी बुदबुदाते हुए प्लेट से गिरे भोजन के दानों को चुनकर प्लेट में रख रही थी। उसकी बेटी नयना उसे ध्यान से देख रही थी। जैसे ही सरोजनी उसे खाने लगी, नैना ने कौतूहल से पूछा, ' माँ, मैं प्रतिदिन तुम्हें देखा करती हूँ, तुम कभी अन्न बर्बाद नहीं करती हो। किसी न किसी तरह उसे ग्रहण करने योग्य बना ही देती हो। इतने थोड़े से चावल के दानों से क्या होता है...न हमारा पेट भरता है और न ही शरीर को पौष्टिकता ही प्राप्त होती है...कुछ भी तो नहीं होता माँ....बजाय इसके तुम्हारे गिरे हुए अन्न को उठाकर खाने से तुम्हारी सेहत पर असर पड़ सकता है...इस तरह तुम बीमारी को निमंत्रण देती हो....तुम उठाकर मत खाया करो....मुझे बिल्कुल अच्छा नहीं लगता।'

बेटी की बात सुनकर सरोजनी की आँखें भर आई। वह प्यार से बेटी के सिर पर हाथ फेरते हुए बोली, 'हाँ बेटी, तुम ठीक कहती हो। पर मैं सोचती हूँ....जब इतना ही बुरा लगता है...मेरा इतना ही ख्याल है, तो तुमलोग खाना बर्बाद ही क्यों करती हो? वैसे तुम्हारी सोच गलत नहीं है। मनुष्य का जीवन एक ऐसा पाठशाला है, जहाँ नित नए-नए सबक मिलते रहते है। जो जितने साल इस पाठशाला में पढ़ता है, उसे उतने ही अनुभव से सीख मिलते है। जीवन के अनुभव से हमें जो सीख मिलते हैं वो किसी भी ग्रंथ या पुस्तक से प्राप्त नहीं होतें। खैर, तुमलोग इसका महत्व समझ भी तो नहीं सकते। जब से तुमने होश संभाला है, मैंने तुम्हें किसी चीज की कमी होने नहीं दी। जिसने दरिद्रता देखी

है और अन्न के एक-एक दाने को तरसा हो, वही इसका मोल समझ सकता है। मैं बचपन में जिस हीन भावना और अभाव से ग्रस्त थी, उसे कभी तुमलोगों को महसूस होने नहीं दिया क्योंकि मैं जानती थी, तंगी एक कोढ़, खाज की तरह होता है, जो मनुष्य के सुख-चैन को तो छीन ही लेता है, उसके आत्मविश्वास और आत्म-सम्मान को भी झकझोर कर रख देता है। तुमलोगों को पता नहीं कि तुम्हारे पिता की मृत्यु के बाद मैंने कितने कष्टप्रद दिन गुजारे हैं। मैं उन दिनों को याद करती हूँ, तो रुह काँप जाती है। भगवान न करे, किसी को वैसी गरीबी का सामना करना पड़े।' यह कहते-कहते सरोजनी भावुक हो गई। उसकी आँखें निर्झरिणी-सी लगातार बहे जा रही थी। बचपन की यादें चलचित्र की भाँति सरोजनी की आँखों के सामने चलने लगी।

पिता की मृत्यु के बाद उसकी माँ मीनाक्षी भरे-पूरे संसार में अकेली हो गई थी। नौ बच्चों की माँ.....परंतु कितनी विवश.....कितनी लाचार। तीन बेटे युवा होते हुए भी अशिक्षित होने के कारण किसी काम के नहीं थे। मेहनत, मजदूरी कर दो कौड़ी कमाने के सिवा कुछ नहीं कर सकते थे। उन्होंने जीवन में शिक्षा के महत्व को समझा ही नहीं.....जब परिवार पर दुखों का पहाड़ टूटा और वे पारिवारिक जिम्मेदारियों का निर्वाह करने में असमर्थ हुए, तब शिक्षा के महत्व को समझ पाए, पढ़क़र कार्यालय में काम करना चाहते थे किन्तु चिड़िया तो दाना चुग गई थी अब पछताने से क्या फायदा था, जीवन में इन बातों को समझने में उन्होंने बहुत देर कर दी थी।

सरोजनी का बड़ा भाई समीर बिना किसी नौकरी के विवाह करने पर मजबूर हो गया। प्रेम करना कभी गले का फंदा बन जाता है लेकिन प्यार में यदि पवित्रता है तो उसे निभाना ही पड़ता है। एक दिन समीर के ससुराल वालों को उनके प्रेम प्रसंग के बारे में पता चल गया। उन्होंने समीर के घर आकर उसे और उसके परिवारवालों को बहुत भला-बुरा कहा। लड़की को धमकी दी गई, मारा-पिटा गया और घर में कैद कर दिया गया। लड़की प्रताड़ित होकर एक दिन सुबह-सुबह सबसे बचकर उसके घर आ गई। घर से भागने में प्रकृति ने भरपूर साथ दिया। सबका ध्यान बिगड़े मौसम की ओर था, तो उसे घर छोड़ने का अवसर मिल गया। आकाश में घने बादल छाने के कारण चारों तरफ गूप अंधेरा छाया

हुआ था, बादल गरज रहे थे, बिजली तड़क रही थी और मूसलाधार वर्षा हो रही थी। अब मरता क्या न करता, वह ऐसी परिस्थिति में आई थी कि मानवता के नाते ही सही, पर घर में तो स्थान देना ही था। पिता जी सीधे-सादे, खुले विचारों के भले मानस थे। बहुत सोच-विचार के बाद अगले दिन उन्होंने उसे उसके माता-पिता के पास ले जाने का निर्णय लिया। उन्होंने लड़की के माता-पिता के सामने समीर की शादी का प्रस्ताव रख दिया। चूँकि पिता जी एक सम्मानित व प्रतिष्ठित व्यक्ति थे तो वे उनके प्रस्ताव को ठुकरा नहीं सके और बहुत धूमधाम से उनकी शादी हो गई। विवाह के कुछ दिन बाद ही समीर के पिता को दिल का दौरा पड़ा और वे भगवान को प्यारे हो गए। यहीं से सरोजनी के दु:ख की कहानी लिखी जाने लगी।

पिता की मृत्यु के कुछ ही दिन बाद समीर और उसकी पत्नी ने अपना रंग-ढंग दिखाना शुरू कर दिया। समीर अपनी पत्नी के बहकावे में आकर घर में कलह करने लगा। वह छोटी-छोटी बात पर अपने छोटे भाई-बहन पर हाथ उठाने लगे। एक दिन मीनाक्षी ने जब आपत्ति जताई तो वह उससे ही भीड़ गया। प्रतिदिन के लड़ाई-झगड़े से तंग आकर घर में शांति कायम करने के उद्देश्य से मीनाक्षी ने दोनों को परिवार से अलग कर दिया। अब समीर अपनी नवविवाहिता पत्नी के साथ एक ही छत के नीचे एक कमरे में अपनी अलग खिचड़ी पकाता था। उसका परिवार में होना न होना मायने नहीं रखता था।

मीनाक्षी न तो बहुत पढ़ी-लिखी डिग्रीधारी स्त्री थी और न ही किसी शैक्षिक-व्यावसायिक क्षेत्र में प्रशिक्षित, पर वह सिलाई-कढ़ाई के साथ-साथ अनेक गृह कलाओं में दक्ष थी। कहा जाता है कि जब स्त्री का पति जीवित होता है तो वह शेरनी की तरह अपना जीवन बिताती है और उसकी मृत्यु के बाद कुत्ते की सी जिन्दगी हो जाती है। ओह! पति की मृत्यु के बाद उसने कितने कष्टप्रद व अपमानित दिन गुजारे। वह यह जानती थी कि जिंदगी का कोई ठिकाना नहीं है। जीवन कब किस करवट ले। ऐसे ही दिन के लिए वह अपने पति से लगातार किसी क्षेत्र में प्रशिक्षण की बात करती थी किंतु वे उसकी बात पर कान न देते और कहते कि तुमको मैं कोई कष्ट दे रहा हूँ, जो तुम्हें प्रशिक्षित होकर

काम करने की जरूरत है और वह चुप लगा जाती। अब उनके न रहने पर राजसी जीवन व्यतीत करनेवाली को भूखों मरने की नौबत आ गई। पर वह हार कहाँ मानने वाली थी। उसने गजब की हिम्मत दिखाई थी। वह थी तो नौ बच्चों की माँ किन्तु नयन–नक्स ऐसे पाए थे कि कोई भी मुग्ध हुए बिना नहीं रह सकता था। वह लंबी–चौड़ी, बड़ी–बड़ी नीली आँखों वाली खूबसूरत स्त्री थी, बड़ी सहजता से सबका दिल जीत लेती थी। दुर्भाग्य ऐसा कि अब वह एक बेबस, निर्धन अबला स्त्री थी जिसपर सबकी नजर थी। वह संसार की भूखी आँखों से खुद को बचाती रहती। सभी उसकी मजबूरी का फायदा उठाना चाहते थे। वह सबके नापाक इरादों को जानती–पहचानती थी। उसका अवलंब बड़ा सुदृढ़ था। उसने दृढ़ता से अपने वैधव्य का पालन करते हुए अपने परिवार के भरण–पोषण के लिए प्रतिदिन लगभग आठ किलोमीटर दूर एक परिवार की कुछ लड़कियों को सिलाई सिखाने का निर्णय ले लिया था। कठिन परिश्रम से चेहरा कांतिहीन, शरीर हड्डियों का ढाँचा बनकर पीला पड़ गया। पैदल चलते–चलते उसके पैरों में छाले पड़ जाते, शरीर थककर चूर–चूर हो जाता, किन्तु उसने कभी न तो अपना धैर्य खोया और न ही उसके चेहरे पर शिकन आई।

'सुख के सब साथी दुख में न कोई।' जिस घर में कभी मेहमानों का आना–जाना लगा रहता था, लोग बिन बुलाए चले आते थे, बिन माँगे उपहारों का ढेर लगा देते थे। इंकार करने पर भी सामान घर पर रखकर चले जाते थे। उसी घर में अब कोई झाँकता तक न था। कई–कई दिन मीनाक्षी को अपने बच्चों को भूखा रखना पड़ता। कभी सत्तू पीकर, तो कभी पानी पीकर जैसे–तैसे गरीबी में दिन कटने लगे। मीनाक्षी अपनी दीनता और विवशता पर आँसू बहाती रही किन्तु उसने हथियार नहीं डाला। सिलाई सिखाने के काम से अधिक आमदनी नहीं होती थी, महीने में मात्र बीस रुपए मिलते थे। इसलिए सिलाई सिखाने के बाद जो समय बचता, उसमें वह दूसरा कार्य करना चाहती थी। पर वह सबसे मदद नहीं माँग सकती थी। एक जवान विधवा पर संसार के भेड़ियों की भूखी नजर भी होती है। वह सिर्फ एक व्यक्ति पर पूर्ण विश्वास करती थी। अतः एक दिन वह सेठ मोहनदास के पास गई और उससे बोली, 'भैया, मुझे आपकी मदद की आवश्यकता है।'

मोहनदास मीनाक्षी का मुँहबोला भाई था। उसका आलीशान मकान था। मकान के आगे एक सुंदर–सा फूलों का बगीचा था, जिसके मध्य में एक छोटा–सा तालाब था, जो कमल पत्तों से भरा हुआ था। बरसात के मौसम में तालाब में सफेद और गुलाबी कमल पुष्प मुस्कुराते थे। तालाब के मध्य स्थित फव्वारा उस बाग की शोभा में चार चाँद लगाता था। मकान के पीछे एक बड़ा–सा खटाल था, जिसमें लगभग साठ गाएँ और चालीस भैंसें थीं। उनके घर में दूध दही की नदी बहती थी। वह उसका सेवन कर पहलवान जैसा हष्ट–पुष्ट दोहरे बदन का था। लंबा–चौड़ा शरीर और भरे मुखड़े पर तनी हुई मुँछ, उनके व्यक्तित्व को आकर्षक बनाती थी। मोहनलाल संदेह भरे, भारी भरकम आवाज में सरोजनी की ओर दृष्टि डालकर बोला , 'बोलो बहन, आज अचानक तुम्हें मेरी मदद की क्या आवश्यकता आन पड़ी, मैं तुम्हारी कैसे मदद कर सकता हूँ? और तुमने अपनी कैसी हालत बना ली है?'

उसने सकुचाते हुए कहा, 'भैया, आप तो जानते है। आपके जीजा जी के जाने के बाद घर की क्या स्थिति है। आपसे कुछ छुपा नहीं। सिलाई की कमाई से परिवार का निर्वाह नहीं हो पाता है। केवल एक वक्त का भोजन ही जुटा पाती हूँ। कभी–कभी बच्चे भूखे भी रहते हैं। यदि आप....मुझे... गोबर ले जाने की अनुमति दे तो...मैं...।' वह अपनी बात पूरी न कर पाई कि उसका गला अवरुद्ध हो गया।

मोहनदास अचंभित होकर बोले, 'कैसी बात करती हो बहन, तुम अब ये काम करोगी। जीजा जी के मुझ पर बहुत एहसान हैं। तुम कहो तो...मैं किसी और तरीके से तुम्हारी सहायता कर सकता हूँ।'

वह बीच में ही बोल पड़ी, ' आप मना मत करना भैया...काम कोई छोटा–बड़ा नहीं होता है। मैं अपने बच्चों की खातिर कुछ भी कर सकती हूँ। मेरे बच्चे भूख से मर रहे हैं। पेट पकड़कर सोते रहते हैं और क्षुधा जब असह्य हो जाती है, तो पानी से अपने गले और होंठ को तरकर भूख मिटाते हैं....मुझसे देखा नहीं जाता।'

मोहनदास सहानुभूति के भाव से बोले, 'क्या कहती हो, बहन। कल ही छोटी आई थी। जब मैंने उससे परिवार का हाल–समाचार पूछा, तो उसने कुछ बताया नहीं। खाना

खाने की बात पर उसने कहा कि हमलोग दाल, चावल, आलू की सब्जी खाए हैं। उसने तो अपने भूखे रहने की बात बताई नहीं।'

मीनाक्षी अपनी बेटी पर मन ही मन गर्व करने लगी। और उसकी आँखों से गर्व एवं दु:ख के मिश्रित अश्रु बहने लगे।

थोड़ा संभल कर वह हिचकियों के साथ बोली, 'भै...या, इस..में... ब...ताने की क्या बात थी? परिस्थिति ने बच्ची को उम्र से पहले ही समझदार बना दिया है। बस, आप इतनी मदद कर दे, तो बड़ी मेहरबानी होगी।'

मोहनदास ने गोबर ले जाने की अनुमति दे दी। अब सरोजनी की माँ सुबह अपने माथे पर टोकरी भर गोबर ले आती। उसके उपले बनाती और बेचा करती। उसके दिन थोड़े आराम से कटने लगे। पर शायद भगवान को यह मंजूर न था। कहते हैं ईश्वर उन भक्तों की परीक्षा ज्यादा लेता है, जो भगवान पर अधिक आस्था रखते हैं। ईश्वर उसके धैर्य की परीक्षा ले रहे थे। मीनाक्षी जिन लड़कियों को सिलाई सिखा रही थी। उनके सिलाई का कोर्स पूरा हो गया। दूसरे बैच के लिए लड़कियाँ नामांकित नहीं हुई। अत: मजबूरन उसे सिलाई क्लास को बंद करना पड़ा।

उसके एक महीने बाद मोहनदास ने उससे कहा, ' बहन, मुझे कहते हुए अच्छा तो नहीं लग रहा है किन्तु... ।'

मीनाक्षी अनिष्ट की आशंका से कांप गई। फिर भी हिम्मत जुटाकर उसने पूछा, 'क्या बात है, भैया? साफ-साफ कहिए न।'

मोहनदास ने दु:ख और खुशी के मिश्रित भाव से कहा, ' बहन, तुम्हें तो मालूम ही है कि मैं बहुत दिनों से गोबर गैस परियोजना पर कार्य कर रहा था। मेरा सालों का सपना पूरा होने वाला है। उसकी सारी तैयारी हो गई है और प्लांट बनकर तैयार हो गया है। कल से वह चालू किया जाएगा। इसलिए....'

सरोजनी ने बनावटी मुस्कान के साथ कहा, ' कोई बात नहीं है भाई। आपने इतने दिनों तक मेरी सहायता की...क्या यह कम है। आपको नए काम की हार्दिक शुभकामनाएँ और बहुत-बहुत मुबारकबाद। भगवान करे! आप दिन दुनी रात चौगुनी तरक्की करें।'

'पर बहन तुम्हारा काम...' अभी मोहनदास ने इतना ही कहा था कि सरोजनी ने कहा, 'आप मेरी चिंता बिल्कुल भी न करें। ईश्वर ने दु:ख दिया है तो वे ही हरेंगें भी। पेट दिया है तो रोटी भी देंगे।' इतना कहकर वह मुस्कुराने की कोशिश करती हुई चली गई।

वह चली तो आई लेकिन उसके मन में विचारों का आँधी-तूफान उठा था। वह कितनी विवश थी। जोर-जोर से रोना चाहती थी पर रो नहीं सकती थी। भगवान ने चार बेटे दिए थे पर सभी किसी काम के नहीं। जो कमाने लायक थे, वे कमाने की चाह में घर से दूर चले गए और जो थे वे कुछ करने योग्य नहीं। मीनाक्षी का तीसरा बेटा दिमाग से कमजोर था। तीन दिन से सभी बच्चे पानी पी-पी कर जिंदा थे। बच्चों की कमजोरी बढ़ती जा रही थी। माँ छिप-छिप कर आँसू बहा रही थी। वह विक्षिप्त-सी हो गई थी। उसका तीसरा बेटा जो मानसिक रूप से कमजोर था, वह एक दिन आठ घंटे बाद शाम चार बजे घर लौटा, तो उसके हाथ में एक पोटली थी। किसी को पूछने की भी ताकत नहीं थी कि उसमें क्या है? वह अपनी पोटली से मकई का सत्तू निकालकर अपनी माँ की हथेली पर रख दिया। माँ बिना उससे कुछ पूछे उलाहना देते हुए बोली, 'कहाँ से भीख माँग कर लाया है? हे प्रभु! बस, अब यही दिन देखना बाकी रह गया था।'

उसने जमीन पर देखते हुए उत्तर दिया, 'नहीं माँ, मुझे गलत न समझो...मैंने भिक्षा नहीं माँगी...मैंने आपसे श्रम करना सीखा है...स्वाभिमान से जीना सीखा है....हाथ फैलाना नहीं। यह मेरे श्रम का फल है...मैं मजदूरी कर लाया हूँ।'

यह सुनते ही मीनाक्षी उसे सीने से लगा कर जी भर रोई, फिर नम आँखों से पक्षी की भांति सत्तू का पिंड बनाकर सभी बच्चों के मुँह में डालने लगी।

सभी खाकर तृप्त हो गए। रौनक माँ की गोद में सर रखकर आराम करने लगा। माँ आहिस्ते-आहिस्ते उसके माथे को सहला रही थी। आज माँ को अपने खोटे सिक्के पर बहुत प्यार आ रहा था, जिसे उसने कमजोर समझा, वही मजबूत हाथ बन गया। अगले दिन माँ के पूछने पर रौनक ने बताया। एक मठ में नये मठ निर्माण का काम चल रहा है। वहाँ अनेक मजदूर काम कर रहे हैं। मैं मंद बुद्धि का हूँ किन्तु इतना तो समझ ही रहा हूँ कि आप और बहने तीन दिनों से भूखी हैं। दिन-ब-दिन उनकी दशा खराब होती जा रही

है। अत: मैंने निर्णय लिया कि मुझे चाहे जो काम करना पड़े, मैं करूँगा और परिवार की क्षुधा को शांत करूँगा। मैं मठ अध्यक्ष के पास गया और मैंने अपनी जरूरत बताते हुए उससे काम माँगा।

मठ अध्यक्ष ने लापरवाही से कहा, 'आज काम बंद है। हाँ, एक काम है किन्तु वह बेहद निम्न स्तर का है। यदि वह काम तुम करना चाहो तो ..... ।'

मैंने उनसे कहा , 'मैं कोई भी काम करने को तैयार हूँ। ' इतना कहकर रौनक मौन हो गया और कल की दोपहरी की स्मृतियों में डूब गया।

समय चक्र के साथ सबको चलना पड़ता है। जब विपत्ति आती है, तो मनुष्य उससे निकलने के लिए किसी भी तरह के काम को करने से कतराता नहीं है। वह तुरंत बाथरूम साफ करने को तैयार हो गया। तभी एक मठवासी वहाँ आ गया। वह उसके पिता को बहुत अच्छी तरह जानता था। संभवत: वह उनका शिष्य रह चुका था और उनका बहुत सम्मान करता था। उसकी विवशता जानकर उसका कलेजा मुँह को आ गया। उसने उसे बाथरूम की सफाई के काम को करने से रोक दिया और उसके बदले में कमरे की छत, जो टूट रही थी, उसको तोड़ने का काम दिया, जेठ की गर्मी थी। चिलचिलाती धूप में वह अपनी धून में लगातार काम करता रहा। उसे अपने बहते पसीने की तनिक भी परवाह न रही। कई बार उसकी आँखों के सामने अंधेरा छा गया। वह थोड़ी देर रूक कर अपने को संभालता, पानी के दो-चार घूँट से गले को तर कर मूर्छा मिटाता फिर काम पर लग जाता। उसने कभी इतना कठोर परिश्रम नहीं किया था, आज चट्टान सदृश छत को तोड़ते-तोड़ते उसके हाथों में छाले पड़ गये थे। पर उसने इसके विषय में अपनी माँ से कुछ नहीं कहा। जब वह अपने हाथ से नहीं खा सका, तब माँ ने उसकी हथेलियों को देखा और उसपर अपने आँसू का मलहम लगाने लगी।

रौनक की मजदूरी से दो दिनों तक परिवार को आहार प्राप्त हुआ। चौथे दिन से फिर वही स्थिति उत्पन्न हो गई। इधर समीर छप्पन भोग उड़ा रहा था। रविवार के दिन उसके बेटे का जन्मदिन था। वह बहुत खुश था। इस खुशी के अवसर पर उसे अपने छोटे भाई-बहनों का ख्याल आया। वह तीन किलो मछली खरीद लाया था ताकि अपने भाई-बहनों

को खिला सके। मगर उसकी पत्नी को यह मंजूर नहीं था।

उसने अपनी पत्नी को समझाते हुए कहा, 'अरे, भागवान! ये मेरे अपने भाई-बहन हैं। कई दिनों से ठीक से भोजन नहीं किए हैं। आज हमारे लिए खुशी का दिन है। हमने आज कितने दान-पुण्य किये हैं, मंदिर में भिखारियों को खिलाया है। ये तो फिर भी अपने हैं....अपने ह्रदय को इतना कठोर न बनाओ। कम-से-कम आज के दिन तो...'

समीर की पत्नी से आगे उसका तर्क सुनना कठिन हो गया। वह तमक कर बोली, 'वे भूखे रहे, मरे या जीएं मेरी बला से! क्या हमने उनका ठेका लिया है। जो हम उनके पेट की चिंता करें।'

समीर ने उसे समझाते हुए फिर कहा, 'ऐसा न कहो, आखिर उनसे मेरा रक्त संबंध है। उस माँ ने मुझे जन्म दिया है। उनके प्रति मेरा कुछ तो फर्ज बनता है।'

पर उसकी पत्नी मानने को तैयार न हुई। बात-से-बात बढने लगी। छोटी बात राई का पहाड़ बन गयी और झगड़े का रूप धारण कर लिया। दोनों चीखने-चिल्लाने लगे। इतना ही नहीं मार-पीट भी होने लगी। समीर सह्रदय तो था किन्तु गुस्सैल भी था। गुस्से में वह पागल हो जाता था। पागल कहे या पशु, बात बराबर है क्योंकि क्रोध में वह पशुवत व्यवहार करने लगता था। उसने अपनी पत्नी को बहुत मारा और उसे तड़पता हुआ छोड़कर सारी मछली को घर के बागीचे में जाकर गाड़ दिया। थोड़ी देर बाद उसकी पत्नी रोती हुई अपने बच्चे को लेकर मैके चली गई। पत्नी के जाने के बाद समीर भी घर से बाहर चला गया। मीनाक्षी बरामदे में बैठकर सारा तमाशा देख रही थी। वह हस्तक्षेप न की क्योंकि यह आए दिन की बात थी। इसकी अब आदत पड़ गई थी। शुरू-शुरू में वह उनके झगड़ों के बीच बीचबचाव करती थी। एक दिन उसे ही चोट लग गई। तब से समीर ने उसे सख्त हिदायत दे रखी थी कि चाहे जो हो जाए, आप बीच में न आना। यह मियां-बीबी के बीच की बात है। हम खुद ही सुलझा लेंगे।

बेटे-बहू के घर से बाहर जाते ही वह दौड़कर उस स्थान पर गई, जहाँ समीर ने मछली को गाड़ा था मानो वह इस मौके की ताक में थी। इस सुअवसर ने उसे वह मोती दे दिया था, जिसके सामने सबकुछ गौण था। उसने न तो खुरपी ली न ही कुदाल। अपने हाथों को

ही हथियार बना लिया और तबातोड़ मिट्टी खोदने लगी। वह जल्दी से मछलियों को निकाली, उन्हें अच्छी तरह साफ की। तेल–मसाला तो था नहीं इसलिए मछलियों को नमक डाल कर पानी में उबालने लगी। सभी बच्चे तृषित नेत्रों से उबलती मछली को देख रहे थे, मुँह में आए पानी को गटक रहे थे और माँ मंद–मंद मुस्कुरा रही थी।

बंधन

एक समय था जब पूरे विश्व में कोरोना नामक वायरस का कहर छाया हुआ था। तरह-तरह के दिल दहला देनेवाले वीडियो व समाचार प्रसारित हो रहे थे। सरकार ने लोगों की सुरक्षा को ध्यान में रखते हुए कई प्रतिबंध लगा रखे थे। दफ्तर के काम, बच्चों का शिक्षण कार्य, रोगियों का इलाज सबकुछ ऑनलाइन चल रही थी। यातायात ठप, जन जीवन ठप मानों जिंदगी थम-सी गई हो। किन्तु प्रकृति पर इसका बड़ा ही सकारात्मक असर पड़ा था। प्रदूषण का स्तर बहुत कम हो गया था, सुबह-सुबह गाड़ियों की पों-पों की जगह पक्षियों का कलरव सुनाई देता था। पेड़-पौधे हरे-भरे होकर झूम रहे थे और तापमान में भी भारी गिरावट आई थी। प्रकृति तो खुश थी किन्तु मनुष्य दु:खी थे। इस संक्रामक रोग ने सबको घर में कैद कर दिया था। कैद होने के परिणामस्वरूप लोगों के पारिवारिक संबंधों में निकटता आई, उनके संबंधों में मधुरता और मजबूती आई। एक साथ भोजन करना, मनोरंजन करना, गप-शप करना, एक-दूसरे की देखभाल करना इत्यादि ने सबके हृदय को स्पंदित किया। कुछ लोग अपने अंदर के छिपे कलाकार को पहचान कर अपनी कला को निखारने लगे, तो गृहिणियाँ तरह-तरह के व्यंजन बनाने में निपुण हुई। स्वास्थ्य और स्वच्छता का ध्यान रखा जाने लगा। मैं भी अपने स्वास्थ्य के प्रति थोड़ा ज्यादा ही सतर्क हुई और मैंने नियमित व्यायाम और अपने अहाते में ही सुबह-शाम टहलना शुरू कर दिया।

एक शाम मैं नियमत: अहाते में टहल रही थी। न वाहनों का शोर था और न ही लोगों की सड़क पर अधिक चहल-पहल थी। हल्की-हल्की ठंडी हवा चल रही थी, जो तन-मन को ताजगी से भर रही थी। आस-पास कहीं पुराने फिल्म का गाना बज रहा था, जो मेरी संध्या को सुरमयी बना रहा था। मैं अपने अहाते में लगे नाना प्रकार के पौधों और फूलों को खिलखिलाते देखकर मन ही मन पर्यावरण प्रेमी होने पर गर्व महसूस कर रही थी और प्रफुल्लित हो रही थी।

अचानक मेरी नजर सामने वाले रास्ते पर पड़ी। एक कृशकाय लड़की एक पुरुष के

सहारे धीरे-धीरे चल रही है। संभवत: वह पुरुष उसका पिता था। मैं उत्सुकतावश ध्यान से देखने लगी। थोड़ा नजदीक आने पर मेरे मुँह खुले के खुले रह गए। वह और कोई नहीं, मेरी दोस्त की बड़ी बेटी अनन्या थी। मैंने गौर किया, अनन्या का चेहरा पीला पड़ गया था और शरीर बहुत दुर्बल। वह ठीक से चल भी नहीं पा रही थी। अपने पापा की बाँहों का सहारा लिए धीरे-धीरे चल रही थी। मैंने उसकी इस दशा का कारण पूछा, उसने बताया कि दो-तीन दिनों से उसे बहुत कमजोरी लग रही है और तेज बुखार है। मैं जाँच करवाने जा रही हूँ। घर पर दादी और माँ भी अस्वस्थ हैं। इस खबर को सुनते ही मेरा मन बेचैन हो गया, मैं अपने-आप को रोक न सकी और मैंने तुरंत नम्रता को फोन किया।

वह फोन नहीं उठाई। मैं लगातार फोन करती रही, पर उसने फोन नहीं उठाया। मेरी चिंता बढ़ने लगी। मैंने सोचा उसके घर चलकर देख आती हूँ, स्थिति कहीं बहुत गंभीर तो नहीं है। मैंने उसके घर जाने का निर्णय ले लिया किन्तु परिवार के लोगों को यह बिल्कुल उचित न लगा सभी एक मुँह से इसका विरोध करने लगे। मैंने उन्हें अपनी दलील दी कि पड़ोसी ही पड़ोसी के काम आता है, खुदा न करे यदि हमारे घर में किसी की ऐसी स्थिति हो, तो क्या हम अपने पड़ोसी से मदद की उम्मीद नहीं लगाएँगे। यह सुनकर सबके मुँह पर ताले लग गए। किसी ने मुझे रोकने की कोशिश नहीं की लेकिन अंदर-ही-अंदर मेरा मन अपने इस निर्णय से घबरा रहा था। असमंजस की स्थिति में मैं अभी अपने घर के दरवाजे पर पहुँची ही थी कि मेरा फोन बज उठा।

मैंने फोन उठाते ही कहा, 'तुम सब कैसे हो, मैंने सुना है कि तुमलोग अस्वस्थ हो.... किसी तरह की कोई मदद की आवश्यकता है क्या...'

नम्रता ने सदैव की भाँति फोन पर बड़ी सरलता से कहा, 'घबराने की कोई बात नहीं है। मैं बिल्कुल ठीक हूँ। किन्तु कुसुम! मेरी सास की हालत बहुत नाज़ुक है। वह चलने-फिरने में असमर्थ है। उनके साथ चौबीसों घंटे एक व्यक्ति का होना आवश्यक है। उनकी देखभाल के लिए सदैव तैनात रहना पड़ता है जिसकी वजह से इन दिनों मेरी व्यस्तता बढ़ गई है। तुम तो जानती ही हो, इन दिनों ऑनलाइन क्लास होने से काम कितना बढ़ गया है। घर के जो काम हैं, वो तो हैं ही....ऑनलाइन कक्षा को रोचक और सुग्राह्य बनाने के

लिए बहुत मेहनत करने की आवश्यता पड़ती है। इसके लिए वीडियो बनाना, ऑडियो बनाना, पी. पी. टी. तैयार करना, नोट्स बनाना इत्यादि स्कूल के कितने काम करने पड़ते हैं। स्कूल के काम के साथ-साथ उनकी देखभाल करने में थोड़ी कठिनाई होती है, बीमार होने की वजह से मैं कमजोरी भी महसूस कर रही हूँ, पर मैंने सब संभाल लिया है। अंततः इस महामारी के समय सबकुछ खुद ही तो करना है।'

उन दिनों कोरोना संक्रमण अपने चरम पर था। अतः मैंने सहानुभूति दर्शाते हुए कहा, 'तुम बहुत साहसी और हिम्मती हो, पर इसके साथ-साथ तुम्हें अपना भी खास ध्यान रखना होगा। तुम स्वस्थ रहोगी तब तो परिवार का ख्याल रख पाओगी। तुम्हारी जिम्मेदारी दोहरी हो गई है। वैसे माता जी को क्या हो गया है? उन्होंने केवल चलना-फिरना बंद किया है या खाना-पीना भी.....'

उसने निःसंकोच होकर कहा, 'उन्हें चार दिन से बुखार है। खाँसी और कफ भी ज्यादा है....खाना-पीना बंद तो नहीं किया किन्तु भूख कम लगती है, जिसकी वजह से खुराक कम हो गई है। बार-बार मुझे ही पुकारती रहती हैं। हर पल मुझे अपनी आँखों के सामने देखना चाहती हैं। पूरे बदन में दर्द की शिकायत करती रहती हैं, जिसके कारण समय-समय पर तेलमालिश करनी पड़ती है।'

मैंने बीच में ही कहा, ' बुरा न मानना...पूछने में अच्छा तो नहीं लग रहा किन्तु कहीं उन्हें कोरोना तो नहीं हो गया है...तुमने कोविड जाँच करवाई। ये तो कोरोना के ही लक्षण हैं। माँजी बुजुर्ग हैं...उनकी रोग प्रतिरोधक क्षमता में कमी आ गई होगी...संभवतः मेरी बात तुम्हें अच्छी न लगे किन्तु इस वक्त लापरवाही करने से अनिष्ट हो सकता है।'

नम्रता ने अपनी सफ़ाई देते हुए कहा, 'अरे! इसमें बुरा मानने वाली कौन-सी बात है...हम भी सतर्क हैं...आजकल इसी बीमारी ने तो सबके नाक में दम कर रखा है। हमलोगों ने परसों ही कोरोना की जाँच करवाई है...'

मैं अधीर होकर पूछी, 'तो रिपोर्ट क्या है...सब ठीक तो है न...?'

उसने अफ़सोस करते हुए कहा, 'अरे नहीं यार, उनका रिपोर्ट पॉजीटिव आया है।'

मैं जानती थी। आजकल सबको कोविड से बचने के सारे तरीके ज्ञात हैं, सभी

सावधान हैं...फिर भी एक शुभचिंतक होने के नाते मैंने अपने ज्ञान को उढेलते हुए उपदेश देना शुरू किया, 'घबराने की जरूरत नहीं है। थोड़ी सावधानी से सबकुछ ठीक हो जाएगा। उन्हें कोई खतरा न होगा। तुम उन्हें नियमित भाप देते रहना, अपनी सुरक्षा को ध्यान में रखते हुए तुमलोग मास्क लगाकर रहना, डॉक्टर के द्वारा बताए गए दवाओं का सेवन करना....चिकेन सूप पिलाना, उससे बहुत फायदा होगा...कभी भी घबराकर अस्पताल वालों की शरण में न जाना। वहाँ ऑक्सीजन के चक्कर में लोग चले तो जाते हैं किन्तु भय से कोई ठीक से देखभाल नहीं करता है। रोगी खुद को अकेला महसूस करने लगता है और हताश-निराश हो जाता है। अपनों से दूर होने से कई बार अनिष्ट भी हो जाता है...वगैरह...वगैरह....।'

नम्रता ने सहमति व्यक्त करते हुए कहा, 'हाँ कुसुम, यह सब तो मैं कर रही हूँ।' फिर एक लंबी साँस लेते हुए बोली, 'क्या बताऊँ तुम्हें...कल का दिन बड़ा ही मनहूस था। ईश्वर की कृपा उस मनहूसियत पर भारी पड़ गई। उनकी तबीयत बहुत खराब हो गई थी। हुआ यूँ कि उन्होंने मुझसे स्नान करने की इच्छा जाहिर की। पहले तो मैंने मना कर दिया किन्तु उनकी जिद के आगे नतमस्तक होना पड़ा। मुझे जिसका भय था वही हुआ। स्नान करते समय माँ मूर्च्छित हो गईं। मैंने और बच्चों ने बदन पोंछकर किसी तरह उन्हें कपड़े पहनाए, पर उन्हें कोई सुध ही न रही। शरीर शिथिल पड़ गया था....आँखें खुली हुई थी किन्तु स्थिर थीं, घर्र-घर्र की आवाज के साथ बहुत धीरे-धीरे उनकी साँसे चल रही थीं। नब्ज डूबती जा रही थी, कुछ क्षण बाद साँसें इतनी धीमी-धीमी चलने लगी कि साँस चल रही है या नहीं पता भी नहीं चल रहा था। यह देखकर मैं बहुत घबरा गई थी। रह-रहकर तरह-तरह की बातें मन में उठने थी। अनिष्ट की आशंका से दिल बैठा जा रहा था। कुछ समझ में नहीं आ रहा था कि अब क्या करूँ...अस्पताल ले जाऊँ...पर वहाँ की स्थिति से मैं भली-भाँति अवगत थी। तभी मुझे ख्याल आया....यदि उनके मुख में श्वास दी जाए, तो शायद...।' इतना कहकर नम्रता कुछ क्षण मौन हो गई। किंचित वह आगे की घटना को बताने के लिए अपने को समेट रही थी। पर मेरा कौतूहल तो चरम पर पहुँच गया था।

मैंने उत्सुकता से कहा, 'तो तुमने क्या किया?'

नम्रता ने फिर कहना शुरू किया, 'करना क्या था....मैंने बच्चों को माँ को अच्छी तरह पकड़ने को कहा और उनके मुँह में लगातार श्वास भरने लगी। पहले.....दूसरे प्रयास में तो कुछ फर्क नहीं पड़ा, किन्तु जैसे ही तीसरी बार श्वास भरना शुरू की कि उनके बदन में थोड़ी सुगबुगाहट हुई। इससे मेरा मनोबल बढ़ गया और मैं अपनी पूरी शक्ति से श्वास देने की प्रक्रिया दुहराने लगी। मेरा प्रयास सफल रहा। अचानक से उन्होंने तेज गड़गड़ाहट के साथ साँस लिया मानो कोई चीज गले में अटक गई थी। मैं यह समझ गई कि कफ ने अवश्य गले को अवरुद्ध कर दिया था तथा संभव हो कि अब भी गले में अटका हो।'

मैंने पूछा, 'फिर क्या किया तुमने...उन्हें डॉक्टर के पास ले गई....'

नम्रता ने कहा, 'इतना वक्त कहाँ था....मुझे कुछ सूझ भी नहीं रहा था। मैंने बिना ज्यादा विचार किए उनके गले में हाथ डाल दिया और उनके गले से कफ को निकालने लगी....चार-पाँच बार हाथ डाल-डालकर कफ निकाली, तब जाकर उन्हें होश आया और वह सुचारू रूप से साँस लेने लगी।

नम्रता की बात सुनकर मैं स्तब्ध थी। कलयुग में भी क्या ऐसी बहू होती है? जहाँ सास को दो वक्त की रोटी बहू के हाथ की नसीब नहीं होती...वहाँ बहू अपनी सास को जिलाने का ऐसा अथक प्रयास भी कर सकती है। ऐसा तो कोई देव प्रकृति निश्छल आत्मा ही कर सकती है। तभी दूसरी ओर से नम्रता की हैलो...हैलो की आवाज गूँजने लगी...तुम सुन रही हो न...। मैंने थोड़ा ठहरकर उससे कहा, 'हाँ...हाँ सुन रही हूँ। तुम धन्य हो। इतनी हिम्मत तुममें ही हो सकती है। तुम्हारी सेवा भाव उत्कृष्ट है। सच में नम्रता तुमने महान कार्य किया है। तुमने अपनी सासू माँ को नव जीवन दिया है। जहाँ आजकल की लड़कियाँ सास-ससुर से अलग रहना चाहती हैं उन्हें बोझ समझती हैं...वहीं तुम न सिर्फ उनके साथ रहती हो बल्कि उनसे बेटी की तरह प्यार भी करती हो। तुमने मुझे नि:शब्द कर दिया है... आज के समय में कौन लड़की अपनी सास को अपनी माँ का स्थान दे पाती है।'

नम्रता ने बड़ी विनम्रता से कहा, 'इसमें महानता की कोई बात नहीं है कुसुम.....मैंने

अपनी माँ को बचाने का प्रयास किया है। अपनी माँ की सेवा की है। उन्होंने मेरी सारी दुर्बलताओं को अपनी बेटी समझकर सदा नज़रअंदाज किया और मुझे बेहतर बनाने का हर मुमकीन प्रयास किया। उन्होंने एक गरीब परिवार की लड़की को अपने पलकों पर बैठाया है। मुझ जैसी साधारण-सी लड़की को अपने दिल और घर में जगह दी। मुझ गँवार को इस काबिल बनाया कि समाज में चार लोगों के सामने खड़ी हो सकती हूँ। उनके प्यार और सहयोग से ही मेरे जीवन में इतनी सारी खुशियाँ हैं। जितना मैं उनसे प्यार करती हूँ, उनका ख्याल रखती हूँ, वह उनके प्रेम और सौहार्द के आगे नगण्य है। मैं जानती हूँ मेरी सासू माँ मुझसे बहुत प्यार करती हैं। यदि मेरी माँ ने मुझे जन्म दिया है तो इन्होंने मुझे जीवन दिया है। मैं उनके बगैर जीवन की कल्पना भी नहीं कर सकती हूँ। मेरी माँ मेरे परिवार का दृढ़ स्तंभ हैं। अगर उन्हें कुछ हो गया तो मैं क्या करूँगी....आज उन्हीं की बदौलत......कहते-कहते नम्रता का गला भर आया।'

मैंने उसे दिलासा देते हुए कहा, 'धीरज रख नम्रता। तुम्हारी सेवा व्यर्थ नहीं जाएगी। ईश्वर परमदयालु हैं। तुम्हारी सेवा और निष्कपट प्यार से माता जी जल्दी ही स्वस्थ हो जाएँगी। तुमदोनों का अनोखा प्रेममय रिश्ता समाज के लिए एक उदाहरण है। तुम्हारा स्नेहपूर्ण संबंध 'सास कभी माँ और बहू कभी बेटी नहीं हो सकती' की अवधारणा को खंडित करता है।'

तभी माता जी के कराहने की आवाज आई और नम्रता ने फिर बात करने का वादा कर फोन रख दिया। मैंने फोन एक तरफ रख दिया और उन दोनों के बारे में सोचती रही। दोनों के बीच सास-बहू का बंधन कितना पावन और सच्चा है। इस रिश्ते को देखकर मुझे सारे किस्से-कहानी मनगढंत और झूठे लगने लगे। उनके प्रेम को देखकर मुझे विश्वास हो गया कि सास के रूप में माँ और बहू के रूप में बेटी को प्राप्त किया जा सकता है। हर माँ की, अपनी विवाहित बेटी की चिंता खत्म हो जाएगी, यदि वह अपनी बहू को बेटी समझ कर अपनाए और हर बहू अपनी सास को माँ के समान अपना ले, तो जीवन खुशहाल हो जाएगा। वैसे इस कलंकित रिश्ते की मिठास और कड़वाहट अपनी-अपनी सोच, मानसिकता और संस्कार पर निर्भर करता है। इसे एक सुंदर, मजबूत, अनोखे और

स्नेहपूर्ण बंधन में परिवर्तित किया जा सकता है। मेरे मन में लगातार एक आवाज गूँज रही थी कि मानो तो देव नहीं तो पत्थर।

जीवनदान

अजय अपनी पचासवीं सालगिरह के लिए तैयार हो रहा था। अजय पर पचहत्तर वर्ष की आयु में भी सुर्खी चढ़ी हुई थी। इस उम्र में लोगों की यादास्त खत्म हो जाती है, शरीर कमजोर, कांतिहीन होकर झुक जाता है। पर अजय की तो बात ही निराली थी, वह इस अवस्था में भी ऊर्जा और स्फूर्ति से भरा हुआ था। उसे देखकर कोई भी उसकी उम्र का अंदाजा नहीं लगा सकता था। सच में जब मनुष्य जीवन से संतुष्ट हो, प्रसन्न हो, उसे जीवन की सारी खुशियाँ मिल गई हो और दिल में प्यार भरा हो, तो प्यार के लिए मनुष्य को शरीर से जवां रहने की जरूरत नहीं, उसे दिल से जवां होना जरूरी है।

वह इस वर्षगाँठ पर अपने जीवन के सारे अरमान पूरे कर लेना चाहता था। पचास साल खट्टे-मीठे नोंक-झोंक के साथ जीवनसाथी संग बीताना बड़े सौभाग्य की बात होती है। यह सबके नसीब में नहीं होता है। पचहत्तर साल तो बहुत लोग जीते हैं किन्तु जीवनसाथी के साथ जीने से बच्चों के बाहर रहने की कमी, धन-दौलत का अभाव या शरीर की अस्वस्थता जीवन को बेरंग नहीं करती है। इसलिए अजय मना तो रहा था अपनी पचासवीं सालगिरह किन्तु उसने पूरे घर को दुल्हन की तरह सजा रखा था, जैसे किसी की शादी हो रही हो। घर की दीवारों पर रंगीन बत्तियाँ जगमगा रही थीं। दोस्त-यार, सगे-संबंधी, आस-पड़ोस के लोग सभी इस समारोह में आमंत्रित थे। पाँच सितारा होटल के शेफ को प्रीतिभोज की तैयारी के लिए बुलाया गया था। भव्य पंडाल लगा था। स्टेज की सजावट देखकर आँख नहीं ठहरती थी। चूँकि गुलाब और रजनीगंधा के फूल अमिता को बहुत पसंद थे इसलिए स्टेज की सजावट गुलाब और रजनीगंधा के फूलों से किया गया था। अजय लगातार पुराने रोमांटिक फिल्मी गाने गुनगुना रहा था। उसकी खुशी का ठिकाना नहीं था। उसका अंग-अंग थिरक रहा था। जीवनसंगिनी के साथ बिताए वर्षों को याद कर रोमांचित हो रहा था। उसका अभिन्न मित्र राहुल उसके साथ-साथ था, उससे चुहलबाज़ी करते हुए, उसे तैयार होने में मदद कर रहा था और अजय के सुर में सुर मिला रहा था। राहुल अजय के बचपन का दोस्त था। दोनों एक साथ खेलें, पढें, बड़े हुए, यहाँ

तक कि नौकरी भी एक ही जगह किये। अपने दोस्त के विवाह को याद करते हुए राहुल के चेहरे पर एक विजयी मुस्कान फैल गई। राहुल अजय के पचास साल पहले की यादों में सिमटा हुआ बोला, 'यार, देखते-देखते पचास साल गुजर गए। तुम्हारी शादी भी क्या शादी थी....अचंभित कर देने वाली अद्भुत व अपारंपरिक शादी थी। है न... कहते-कहते दोनों यादों में खो गए।

सुबह के तीन बजे से ही अमिता के घर में चहल-पहल शुरू हो गई थी। पीतल के घड़ों का पीरामिड मुख्य द्वार के दोनों तरफ लगा हुआ था। तोरण से सजे हुए द्वार पर शहनाई बज रही थी, जो सबको बता रही थी कि खुशी की मुबारक घड़ी आ गई है। पूरा घर रंगीन झालरों, बत्तियों और फूलों से सजा हुआ था। घर के छत्त पर शामियाना लगा था और बाहर अहाते में बड़ा-सा पंडाल। बरामदे, आँगन और सीढ़ियों पर नरम कढाईदार गलीचें लगाए गए थे। घर के सभी लोग अपनी-अपनी जिम्मेदारी निभाने में व्यस्त थे। कोई रसोईघर की ओर भाग रहा था, तो कोई पंडाल की व्यवस्था देखने दौड़ रहा था। पूरे घर में पकवानों की मीठी-मीठी भींनी खुशबू फैली थी। अमिता के पैर जमीन पर न पड़ रहे थे। वह जीवन के सुखद स्वप्न में खोई हुई थी और अपने प्रियतम के लिए बन-सँवर रही थी। जुड़े में रजनीगंधा का गजरा गमक रहा था। वह कभी अपने माँग में सज रहे टीके को देखती, तो कभी कान के झूमके को देखकर मचलती। हाथों में रची मेंहदी के गहरे रंग में अपने साजन के नाम को देखकर शरमा जाती। माथे पर सुहाग बिंदी को देखकर गर्व से मुस्काती। लाल जोड़े में जब सोलह श्रृंगार कर, बन-सँवरकर वह खुद को दर्पण में देखी, तो मारे शरम के उसने नज़रें झुका ली, जैसे वह दर्पण के सामने नहीं; अपने प्रियतम के सामने खड़ी हो। वह किसी राजकुमारी से कम नहीं लग रही थी। घर के लोग उसकी नज़र उतार रहे थे। माँ ने अमिता को अपनी बाँहों में भर लिया, उसके माथे पर ममता से लबालब चुंबन किया फिर उन्होंने उसकी नज़र उतारते हुए कान के पीछे नज़र का टीका लगा दिया। अमिता अपनी माँ से लिपट गई मानों दोनों इस पल को जी भर कर जी लेना चाहती हों। आज अमिता के जीवन में एक नया मोड़ आने वाला था। उसे अपना जीवनसाथी मिलने वाला था, जिसकी बाँहों के घेरे में वह जीवन की खुशियाँ समेटने वाली थी।

चूँकि बारात को आने में देर हो गई थी, अत : कुछ विशेष विधि-विधान के साथ विवाह समारोह सुबह 6 बजे संपन्न होना तय हुआ था। अमिता अपनी सखियों संग सुर्ख लाल जड़ाऊ लहँगे को समेटे सीढ़ियों से संभल-संभल कर उतर रही थी। उसकी सखियाँ उससे हँसी-ठिठोली करती, उसे छेड़ रही थी और वह मुस्कुराते हुए इस खुशनुमे क्षण का आनंद ले रही थी। जब वह सीढ़ियों से उतरकर आँगन के बीचोंबीच खड़ी हो गई, तो फोटोग्राफ़र और वीडियोग्राफर ने अपना हुनर दिखाना शुरू किया। अमिता शरमाती, सकुचाती हुई कठपुतली की तरह उनकी उंगली पर नाच रही थी। तभी छोटे चाचा सोहनलाल जी घबराए हुए आँगन तक आए। वे अमिता को स्नेहपूर्ण नेत्रों से जी भरकर देखे और अपने काँपते हुए हाथ उसके सिर पर रखे। वे बिना आशीर्वचन के अपने बड़े भाई रामलाल जी के कमरे में चले गए। रामलाल जी तैयार होकर कमरे से निकलने ही वाले थे कि बदहवास हालात में अपने छोटे भाई को अचानक कमरे में प्रवेश करते देखकर घबरा गए। ठंड के मौसम में सोहनलाल के माथे पर पसीने की बूँदें थी। वह कुछ बोलना चाह रहा था किन्तु उसके मुख से शब्द नहीं निकल पा रहे थे। उसकी इस स्थिति को देखकर रामलाल ने पूछा, 'क्या हुआ छोटे......सब ठीक तो है न.... कोई परेशानी है क्या...?'

सोहनलाल ने हिम्मत जुटाते हुए कहा, 'भैया! किस मुँह से यह मनहूस खबर दूँ.... अनहोनी हो गई....'

रामलाल ने बेपरवाही से कहा, 'ओह! अब क्या हो गया छोटे....पहाड़ टूट गया क्या...?

उसने हकलाते हुए कहा, 'भैया! ऐसा ही कुछ समझ लीजिए। मेरी बदकिस्मती की मुझे यह मनहूस खबर देनी पड़ रही है। कैसे कहूँ कि आ...ज..बेटी की वि...दाई न हो पाएगी।'

रामलाल ने नाराज़ होते हुए कहा, 'क्या बकते हो छोटे? शुभ-शुभ बोलो। ऐसी शुभ घड़ी में अशुभ बातें नहीं की जाती। सुबह-सुबह भंग चढ़ा रखी है क्या....कभी तो होश में रहा करो?'

सोहनलाल की आँखें सजल हो गई। वह अवरुद्ध कंठ से बोला, ' भैया! काश ऐसा ही होता। माना मैं दिन-रात नशे में रहता हूँ किन्तु आज नहीं...आज मैं पूरे होश में हूँ... आज की घटना ने मेरे होश उड़ा दिए हैं।' वह अपने आँसू रोक न सका और इतना कहकर वह एक बच्चे की भाँति फूट-फूटकर रोने लगा। उसकी इस दशा को देखकर रामलाल घबरा गए और उन्होंने कहा, 'अरे! क्या हुआ? साफ-साफ कहो, तो बात कुछ समझ में आए। अब रोना बंद करो और बताओ। ऐसी कौन-सी विपत्ति आन पड़ी है कि इतना रो रहे हो और बिटिया की विदाई से उसका क्या संबंध है?'

उसने अपने को संभालते हुए कहा, ' भैया....विवाह किससे होगा? दुल्हा...दुल्हा तो...भाग गया है। अब बिटिया की शादी कैसे होगी?'

रामलाल की आँखों के सामने अंधेरा छाने लगा, वह लड़खड़ाते हुए बोले, 'क्या..... क्या कहा तूने.... दु....उ....ल्...हा....'

रामलाल संभल नहीं पाए, अपनी बात कहते-कहते वे धम्म से जमीन पर बैठे गए। आवाज़ सुनकर रामलाल की पत्नी रसोईघर से दौड़ती हुई आई। कमरे में प्रवेश कर सामने देखी, तो दोनों भाई जमीन पर बैठे, एक-दूसरे के गले से लिपटकर रो रहे थे।

वह घबराहट और झुंझलाहट के साथ बोली, 'अरे! आप दोनों को क्या हो गया है? विवाह का समय हो गया है और इस खुशी के माहौल में बेटी की विदाई की बात सोचकर अभी से आँसू बहाने लगे हैं। बेटियाँ तो पराई होती ही हैं। बेटी को एक-न-एक दिन विदा तो करना ही पड़ता है। यदि इतनी ही प्रिय थी, उसके बिना नहीं जी सकते थे, तो रिश्ता ही क्यों किये?'

रामलाल अपनी पत्नी की बातों से न तो क्रोधित हुए और न ही झुंझलाए बल्कि असहाय से सिसकते हुए बोले, 'भागवान, अनिष्ट हो गया है। नियति ने हमपर कुठाराघात किया है। अब हमारी बिटिया के सौभाग्य पर ग्रहण लग गया है।'

यह सुनकर रामलाल की पत्नी खीजते हुए बोली, ' पागल हो गए हैं या सठिया गए हैं। जो मुँह में आता है, बकते चले जाते हैं। अपने भाई के साथ आपने भी भंग चढ़ा ली है क्या???'

रामलाल कुछ संभलकर, दीवार के सहारे उठते हुए बोले, 'ना भागवान ना! किस्मत ने हमारे साथ खिलवाड़ किया है। हम अभी बहुत नाज़ुक समय से गुजर रहे हैं। लड़का ने हमें धोखा दिया है, न जाने क्या वजह है...वह मंडप छोड़कर भाग गया है। अब यह बात बिटिया को कैसे बताए? कहीं वह इसे सहन न कर सके और कुछ कर बैठे तो....?'

जैसे ही रामलाल की पत्नी ने यह सुना, वह एक चीख के साथ ज़मीन पर गिर पड़ी। रामलाल ने उसे अपनी बाँहों में भर लिया अन्यथा उसका माथा फूट जाता। माँ की चीख सुनकर अमिता अपनी सहेलियों के साथ गिरती-पड़ती माता-पिता के कक्ष में प्रवेश की। वह दोनों की दशा देखकर भौचक्की हो गई, वह कुछ समझ नहीं पा रही थी।

उसने अपने चाचा से पूछा, ' क्या हुआ चाचू?'

सोहनलाल ने अवरुद्ध कंठ से कहा, 'बिटिया! भाग्य ने हमें धोखा दिया है....मैं... कैसे तुमसे कहूँ कि शादी के इस जोड़े को आग लगे...तुम यह जोड़ा उतार दो... ये शादी....अ..ब नहीं... हो सकती। बिटिया...लड़के ने शादी से इंकार कर दिया है। वह घर से भाग गया है। '

यह सुनकर मानो अमिता के पैरों के नीचे से ज़मीन घिसक गई। वह हत्बुद्धि-सी खड़ी रह गई। उसकी हालात देखकर माता-पिता घबरा गए, उन्होंने तुरंत अपने आप को संभाला, अपनी बेटी को संभालने तथा उसे आश्वासन देने लगे। अमिता दौड़कर अपने कमरे में चली गई। माता-पिता बदहवास से उसके पीछे भागे।

अमिता कमरे के दरवाजे पर खड़ी होकर बड़ी गंभीरता से बोली, ' आपलोग निश्चिंत रहें, मैं ठीक हूँ। बस....इस वक्त मैं अकेली रहना चाहती हूँ।'

पूरे घर में मातम छा गया। देखते ही देखते पूरे मुहल्ले में आग की तरह यह बात फैल गई। जितनी मुँह उतनी बातें होने लगी। कोई सहानुभूति व्यक्त करता, कोई अमिता को घमंडी व चरित्रहीन कहता, कोई उसके पिता को कंजूस कहता, कोई लड़के के चरित्र पर लांछन लगाता, उसे लालची कहता। चमड़े की ज़ुबान जितनी फैल सकती थी, फैलती गई। सभी अपने-अपने मन से कहानी गढ़ने लगे। कुछ कुटिल लोगों की मनोकामनाएँ पूर्ण हो रही थी, उन्हें मज़ा आ रहा था। वे इस आदर्श व खुशहाल परिवार के पीछे पड़े रहते

थे, उनके मन की मुराद बरसों बाद पूरी हुई थी। पर अमिता के परिवार के समक्ष पहाड़-सी समस्या थी कि अब अमिता का हाथ कौन थामेगा? क्या वह सारी जिंदगी निरापध होकर अपराधी की भाँति सज़ा भुगतेगी। न जाने ईश्वर को क्या मंज़ूर था, जिस घर में थोड़ी देर पहले सूर्य की किरणें थिरक रही थी, अब वहाँ मौत-सा सन्नाटा छाया हुआ था। कहीं से कोई आशा की किरण दिखाई नहीं दे रही थी।

कुछ युवकों का झुंड; जो विवाह समारोह में शामिल होने आये थे, वे मंदिर के प्रांगण में एकत्रित होकर इसपर वार्ता कर रहे थे। कुछ दु:खी थे और कुछ चुटकियाँ ले रहे थे।

उनमें से एक ने कहा, ' बेचारी लड़की का जीवन बर्बाद हो गया। अब तो उस बेचारी को सारी उम्र अविवाहित ही रहना पड़ेगा। यह जीवन उसके लिए अब सजा बन जाएगी।'

दूसरे युवक ने तुनक कर कहा, ' ऐसा क्यों....इसमें उस बेचारी की क्या गलती है? उसे सज़ा क्यों मिलेगी?'

उस युवक ने हँसते हुए कहा, ' तुम्हें नहीं पता क्या? हमारे समाज में ऐसा ही तो होता है। हम लड़के हैं लड़के, समाज में हमारा मान-सम्मान है। लड़की दोषी हो या न हो, समाज उसी को गलत ठहराता है। लड़के की गलती को कोई देखता है क्या....'

दूसरा युवक गंभीर हो गया, ' लानत है ऐसे समाज़ पर... जो दोषी को निर्दोष और निर्दोष को दोषी करार देकर उसे आजीवन दु:ख और अपमान सहने के लिए विवश कर देता है। आज भी विकसित, सुसभ्य और सुशिक्षित समाज में नारी अपने अधिकारों के लिए आवाज़ नहीं उठा सकती। वह दबी, कुचली और शोषित जीवन जीने के लिए बाध्य है। समाज़ की संरचना नारी से ही होती है और समाज़ इस बात से अनभिज्ञ होकर उसकी उदारता, कोमलता, स्नेह को उसकी कमज़ोरी समझता है।'

युवक उसकी बातों पर हँसते हुए बोला, 'अरे....रे...रे....! तुम तो भावुक हो गए, भावुकता में एक समाज-सुधारक की तरह बातें कर रहे हो। मैं तो सच्चाई बयां कर रहा था। तुम तो एकदम दिल पर ले लिये। कहीं तुम्हारे दिल में उसके लिए दया का भाव तो नहीं उमड़ रहा है। देखो, कोई ऐसा-वैसा निर्णय न ले लेना। सहानुभूति की भावना तक तो ठीक है पर उसके उद्धारक बनकर उसके जीवन में दाखिल होने का इरादा....

नहीं...नहीं यह ठीक नहीं होगा।'

दूसरे युवक ने संजीदगी से कहा, 'इरादा तो नहीं है....किंतु यदि किसी के जीवन को संवारने की बात है, तो मैं ऐसा भी कर सकता हूँ। आज न तो कल किसी न किसी से तो विवाह करना ही है। पढ़ा-लिखा हूँ, अच्छी नौकरी करता हूँ और शादी की उम्र भी है। अमिता को अपने जीवन में शामिल करने से यदि उसका और उसके परिवार का मान रह जाता है, उसके जीवन के शूल फूल बन सकते हैं और उनके परिवार पर छाई काली घटा छँट सकती है, तो इसमें खराबी ही क्या है।'

उसका मित्र उसकी बातों को सुनकर स्तब्ध रह गया। साधारण-सा दिखनेवाला युवक और उसके ऐसे उच्च विचार.... । वह उसकी पीठ थपथपाते हुए कहा, 'मित्र तुम्हारे रूप में उस परिवार की मदद के लिए स्वयं परमात्मा पधारे हैं। धन्य हो तुम... ईश्वर तुम्हें सुखी वैवाहिक जीवन प्रदान करें।'

अमिता के कमरे में आने से दोनों सजग हुए। राहुल अमिता को स्नेहिल मुस्कान के साथ शुभकामना और बधाई देकर चला गया। उसके वहाँ से जाने के बाद अजय अमिता के हाथों में हाथ डाले अपलक उसे निहारता रहा।

अजय स्नेहसिक्त भाव से बोला, 'आज भी उतनी ही प्यारी और सुन्दर लगती हो!' फिर कुछ और रोमांटिक होकर अजय ने अमिता से पूछा, ' अच्छा अमी! सच-सच एक बात बताओ, पचास साल मेरे साथ बिता कर तुम्हें कैसा लग रहा?'

अमिता कुछ क्षण मौन रही, उसके अधर कमल पंखुड़ियों से खिल उठे। वह गर्व और प्रेम के मिश्रित मुस्कान के साथ बोली, 'सोचती हूँ...उस दिन तुम मेरा हाथ थामकर मुझे सहारा न देते, तो क्या होता...मैं तो जीते जी मर जाती। मेरा परिवार मेरे गम में घुलता रहता। तुम्हें पता है... तुमने उस दिन मुझे अपनाकर सबकी नजर में महान बन गए और अपने इस अनोखे पहल से तुमने तीन जीवन की रक्षा की थी। तुमने मुझे और मेरे परिवार को जीवनदान दिया था। मैं आजीवन तुम्हारी ऋणी रहूँगी.....।' यह कहते-कहते अमिता बेल की तरह अजय से लिपट गई।

दस्तक

अतुल्या की मृत्यु के बाद अमृता और उसके चार बच्चे बिलकुल अकेले पड़ गए। अतुल्या एक जिम्मेदार इंजीनियर, पति और पिता था किन्तु वह अपने स्वास्थ्य को लेकर बहुत लापरवाह था। खाने-पीने में कोई परहेज नहीं करता, जहाँ जो मिल जाता, वह खा लेता। काम-काम और काम....। वह न तो व्यायाम करता और न ही टहलने जाता। इस तरह उसे एक लापरवाह व्यक्ति कहा जा सकता था। कंप्यूटर पर दिन-रात काम करने के कारण उसका वजन बढ़ता जा रहा था, नजर कमजोर होती जा रही थी। कुछ दिनों से कभी-कभी उसके दाहिने हाथ में दर्द होने लगा था, उसे थकान भी महसूस होती लेकिन वह इसकी परवाह नहीं करता। सदैव सोचा करता, शायद अब मेरी उम्र हो गई है। काम की अधिकता और शरीर को आराम न मिलने की वजह से शरीर सुस्त रहने लगा था। अमृता अपनी चिंता व्यक्त करते हुए उसे डॉक्टर के पास चलने और चेकअप करवाने की सलाह देती, कभी-कभी इस विषय को लेकर विवाद भी हो जाता, बातचीत बंद हो जाती, लेकिन वह उसकी बात मजाक में हँसकर टाल देता और अपने अनोखे अंदाज से उसकी नाराजगी को तुरंत खत्म भी कर देता।

अतुल्या को रिटायर होने में अब दो साल बचे थे। वह अपनी जिम्मेदारियों को निभाने के बारे में सोचा करता। बड़ी की शादी की उम्र हो गई है....छोटे बेटे-बेटी की पढ़ाई पूरी करवानी है....बेटे को सही राह पर लाना है वगैरह....वगैरह... एक दिन कार्यस्थल पर काम करते-करते अचानक उसके सीने में दर्द हुआ। जब तक कुछ समझ पाते, तब तक उसकी स्थिति अत्यंत गंभीर हो गई और अस्पताल पहुँचते-पहुँचते रास्ते में ही उसने दम तोड़ दिया। इस आकस्मिक मृत्यु से अमृता की मन:स्थिति बिगड़ गई। अमृता गुमसुम-सी रहने लगी। वह पति की मृत्यु को सहजता से स्वीकार नहीं कर पा रही थी। उसकी आँखें तो निर्जल थी किन्तु शोक उसके हृदय को बेध रहा था। उसकी पूरी दुनिया एक झटके में वीरान हो गई थी। किसी की सहानुभूति पाकर वह विलाप करने लगती और कहती कि काश! अपने सेहत पर ध्यान देते और अस्वस्थता के दस्तक को सुन पाते, तो

यह दशा न होती।

एक दिन सुबह-सुबह कोरियर वाला एक पत्र लाया, जो अतुल्या के कार्यालय से भेजा गया था। उसमें परिवार के किसी एक सदस्य को अनुकंपा पर नौकरी मिलनी थी। सभी रिश्तेदारों ने मिलकर सोच-विचार किया और नौकरी छोटे बेटे को देने का निर्णय लिया गया। वह बी.ए. की परीक्षा दे चुका था। बड़ा बेटा तो पिता के लाड़-प्यार की वजह से गैर जिम्मेदार हो गया था।

अमृता की मन:स्थिति दिन पर दिन बिगड़ती जा रही थी। वह अन्यमनस्क-सी रहने लगी थी। वह सबसे कम बोलती, अपने आप में खोई रहती और धीरे-धीरे उसने अपना ध्यान रखना भी छोड़ दिया। इसका सीधा प्रभाव उसके स्वास्थ्य पर पड़ा। वह क्षीणकाय हो गई। उसका शोक इतना गहरा गया था कि उसने खाना-पीना छोड़ दिया, बहुत जिद करने पर बस बात रखने के लिए मुँह जूठा कर लेती। एक दिन वह इस दुनिया को ही छोड़कर चल बसी। अब इस भरी दुनिया में चारों भाई-बहन संघर्ष करने हेतु रह गए। पर कहते हैं समय वह मरहम है जो हर गहरे घाव को भरने की क्षमता रखता है।

सब दिन होत न एक समान। लगभग दो-तीन वर्ष बाद अमृता के बच्चों के दु:ख के दिन दूर हुए और वे संपन्न व खुशहाल जीवन जीने लगे। बड़ा बेटा पूणे में नौकरी करने चला गया और वहीं उसने अपना परिवार बसा लिया। छोटे बेटे ने घूमधाम से बड़ी बहन शिखा की शादी भागलपुर के रेलवे अधिकारी से करके अपनी एक जिम्मेदारी को निभायी। शादी के बाद शिखा का पति सतीश उन्हें अभिभावक स्वरूप मिल गया। शिखा अपने परिवार के साथ खुशहाल जीवन जीने लगी। एक साल बाद शिखा ने अपनी छोटी बहन दीक्षा को भी भागलपुर बुला लिया और दोनों बहन एक स्कूल में साथ-साथ पढ़ाने लगी।

दीक्षा के लिए भागलपुर नया शहर था। कुछ दिन शिखा के साथ रहने के बाद रिश्तेदारों के सुझाव पर दीक्षा ने अपने लिए हॉस्टल की व्यवस्था कर ली। बहन के मना करने के बावजूद उसने हॉस्टल में रहना उचित समझा और कभी-कभी अवकाश मिलने पर अपनी बहन के घर चली आती। उसके दिन मजे में कट रहे थे। अब उसके जीवन में

कोई हस्तक्षेप नहीं करता। जब चाहती, जहाँ चाहती, वहाँ चली जाती। जिम्मेदारी मुक्त जीवन उसे भा रहा था। मनुष्य को उन्मुक्त जीवन सदा भाता है। बंधन हमेशा कष्टकर प्रतीत होता है। स्वछंदता सदैव सुहानी नहीं होती। यदि पतंग डोर से बंधी हो तो सही दिशा में उड़कर आकाश की ऊँचाइयों को प्राप्त करती है। जिस दिन मनुष्य को यह तथ्य समझ में आ जाएगा, उस दिन बंधन में भी उसे सुख की अनुभूति होने लगेगी।

शादी के लगभग तीन साल बाद शिखा की गोद भरी। बहन और बच्चे की देखभाल के लिए दीक्षा को कुछ दिन के लिए शिखा के घर आना पड़ा। उसने शिखा को बच्चा और उसके घर को संभालने में मदद की। पर उसका मन नहीं लग रहा था। शिखा की तबीयत में सुधार होते ही उसने वापस हॉस्टल जाने की इच्छा व्यक्त की। शिखा की मौन सहमति पाकर दीक्षा हॉस्टल जाने के लिए तैयार होने लगी।

शिखा हिचकिचाते हुए बोली, 'छोटी, यदि तुम्हें उचित लगे, तो तुम मेरे साथ ही रहो। इतना बड़ा घर है। तुम हॉस्टल में क्यों रहती हो? और... फिर मुझे तुम्हारी जरूरत भी है। तुम्हारा हॉस्टल में रहना मुझे अच्छा नहीं लगता है। सतीश जो बहुत देर से दोनों की बातें सुन रहा था, उसने उसकी बात पर मुहर लगाते हुए कहा, 'शिखा ठीक ही तो कहती है। आखिर हम भी तो तुम्हारे कुछ लगते हैं। उसने अधिकारपूर्वक कहा, अब मैं तुम्हें जाने न दूँगा।'

दीक्षा ने सकुचाते हुए कहा, 'वो तो ठीक है.....किन्तु.....मैं आपलोगों पर बोझ नहीं बनना चाहती। मैं हॉस्टल में ही ठीक हूँ।' वह खुलकर कैसे कहे कि उसे तो अपनी आजादी अब ज्यादा प्रिय है। यहाँ बंधन है और हर बात के लिए दीदी, जीजा जी या उनकी माँ से पूछना पड़ता है।

इसपर सतीश ने कहा, 'बस इतनी-सी बात है कि तुम हमलोगों पर बोझ बन जाओगी, अगर सिर्फ यही बात है और इससे तुम्हारे स्वाभिमान को ठेस लगती है तो.... मेरे पास एक सुझाव है। तुम्हें जो जितना उचित लगे उतना तुम अपनी बहन को दे दो। इससे तुम्हारा स्वाभिमान भी बना रहेगा और तुम हमारे साथ भी रहोगी। सतीश ने अधिकारपूर्वक कहा, बस...अब मैं कुछ नहीं जानता....तुम्हें हमारे साथ रहना ही

होगा।'

सतीश के पिता ने भी कहा, 'हाँ, बेटी सतीश ठीक कहता है। इसे अपना ही घर समझो।'

दीक्षा उन्हें मना नहीं कर पाई और उनके साथ रहने लगी। उसका बहन के घर रहना प्रियजनों को अच्छा न लगा। भाइयों ने भी नाराजगी दर्शाई। सब तरफ से दबाव बढ़ता जा रहा था। आखिर सब के कहने पर दीक्षा एक दिन अचानक फिर से हॉस्टल चली गई। बहन और जीजा बहुत नाराज हुए। कई बार घर लौट जाने के लिए मिन्नतें की लेकिन दीक्षा न मानी।

एक दिन सतीश के पिता हॉस्टल पहुँच गए और द्वार पर यह कहते हुए बैठ गए कि जब तक घर न चलोगी, मैं यहाँ से नहीं उठूँगा। उनकी जिद्द के सामने दीक्षा को झुकना पड़ा। वह एक संस्कारी लड़की थी। अपने गुरुजनों से उसने यही सीखा था कि सदैव बड़ों का सम्मान करना चाहिए और उनकी बात माननी चाहिए। दीक्षा उनके साथ चली आई और एक बार फिर उनके साथ रहने लगी पर इस बार वह उनके परिवार का सदस्य बन गई। शिखा, सतीश, माँ, पापा, बच्चे सभी अपने हर काम के लिए दीक्षा का मुँह जोहते। कुछ ही दिनों में वह सबकी दुलारी व प्यारी बन गई। सबकी खुद पर निर्भरता देखकर दीक्षा मन ही मन फूले नहीं समा रही थी। सतीश तो दीक्षा का खास ख्याल रखता। वह जब भी शिखा के साथ बाजार जाता, दीक्षा के लिए सामान लाना न भूलता था। सतीश इतना ख्याल रखने लगा कि दोनों बहनों के लिए साड़ी, सूट यहाँ तक कि जेवर भी दोनों के लिए एक समान लाता। खतरे की घंटी बजने लगी थी लेकिन बहनों के प्यार ने उसे सुनकर भी अनसुना कर दिया।

समय पंख लगाकर उड़ने लगा। बच्चे बड़े हो गए। उनके लिए तो सब कुछ उनकी मौसी ही थी। अब दीक्षा की उम्र भी ढल रही थी। उसका भाई और परिवार के शुभचिंतक उसके विवाह की बात करने लगे। पहले तो दीक्षा इंकार करती रही किंतु सब के समझाने पर उसने अपनी स्वीकृति दे दी। उसके रिश्ते की बात चलने लगी। सभी रिश्तेदार अपनी समझ से अच्छा रिश्ता लेकर आते, पर बात बनती नहीं थी। हर किसी में कोई न कोई

नुक्स निकाल दिया जाता। कभी लड़का आकर्षक नहीं है, कभी नौकरी अच्छी नहीं है, कभी घर नहीं तो कभी परिवार-खानदान अच्छा नहीं हैं। हर बार हजार खामियाँ निकालकर रिश्ता करने से मना कर दिया जाता।

परिवारवाले दीक्षा को समझाते। समय किसी का इंतजार नहीं करता, मुट्ठी में बंद रेत की तरह नित निकलता जा रहा है। बुढ़ापे में कोई किसी का नहीं होता है। उस वक्त किसी अपने, खासकर जीवन साथी की आवश्यकता महसूस होती है। अकेलापन काटने को दौड़ता है। अधिक उम्र में अच्छा लड़का भी नहीं मिलेगा। कहीं न कहीं तो समझौता करना ही पड़ता है। लड़के की सूरत नहीं उसकी सीरत देखी जाती है। घर-परिवार से क्या लेना-देना है, लड़का का स्वभाव अच्छा होना चाहिए, जो तुम्हारा सम्मान करे, तुमसे प्यार करे, तुम्हारा ख्याल रखे, वही सही वर हो सकता है। वैसे एक व्यक्ति का सर्वगुणसंपन्न होना संभव नहीं है।

इस पर दीक्षा हँसते हुए कहती, 'नहीं, मैं समझौता नहीं करूँगी। मैं तो प्यार करूँगी प्यार...। मैं उससे विवाह करूँगी, जिसका बहुत बड़ा दिल हो, साथ-ही-साथ जिसके पास बहुत धन हो, महल जैसा घर हो, ढेर सारे नौकर-चाकर हों, वह मुझे पलकों पर बैठा कर रखे। मेरा राजकुमार सबसे अनूठा होगा। वह मुझे लेने सपनों के राजकुमार की तरह घोड़े पर सवार होकर आएगा और मुझे ले जाएगा। उससे विवाह करने के बाद मेरी जिंदगी सँवर जाए। यदि सारी उम्र मुझे उसका इंतजार करना पड़े, तो कोई गम नहीं।' उसके इस बात पर लोग चुटकी लेते हुए कहते, 'तो बैठी रहो सारी उम्र.....अपने उस तथाकथित राजकुमार के इंतजार में.....।'

उनकी बात को सुनकर दीक्षा ठहाके लगाने लगती और कहती, 'मैं अकेली ही खुश हूँ। मुझे अकेलापन खलता नहीं है, मैं उसका आनंद उठाती हूँ। यह भी सच है कि दीदी के बच्चे मेरे अकेलेपन को भर देते हैं। यदि मैं ये कहूँ कि शोर-शराबा, मेहमान का आना मेरे एकांत को भंग करता है, तो गलत नहीं होगा। मैं अपने मन की मालकिन हूँ, कोई बंदिश नहीं, कोई बाध्यता नहीं, कोई जिम्मेवारी नहीं, किसी का शासन नहीं, आजाद पंछी की तरह जीवन व्यतीत कर सकती हूँ। जब जी चाहा जहाँ चाहा वहाँ जाती हूँ, सोती हूँ, जो जी

चाहा खाती हूँ। मुझे तो अब यही जीवन भाने लगा है।'

एक बार तो हद ही हो गई। एक समारोह में बहुत सारे रिश्तेदार आए थे। दीक्षा के भाई से एक संबंधी ने अपने भाई के लिए दीक्षा का हाथ माँग लिया। लड़का लंबा-चौड़ा छरहरे बदन का, गोरा आकर्षक नौजवान था, जिसकी सरकारी नौकरी थी। उसका घर इतना विशाल था कि घर कम महल ज्यादा लग रहा था। महँगी-महँगी गाड़ियों से गैराज भरा हुआ था। धन-संपत्ति की कोई कमी नहीं थी। इस रिश्ते से दीक्षा को अपने सपनों का राजकुमार मिल सकता था। उसके भाई ने तो वचन भी दे दिया पर न जाने क्या हुआ कि दीक्षा ने इस रिश्ते के लिए भी इंकार कर दिया। सभी अचंभित रह गए। इस रिश्ते से इंकार करने की कोई ठोस वजह नहीं समझ पा रहे थे। यह रिश्ता तो दीक्षा के अनुकूल था। फिर क्यों.....। कानों कान बात फैल गई। किसी की जुबान को कोई रोक नहीं सकता था। जितनी जुबान उतनी बात। सभी दबी जुबान से कहने लगे थे कि इस इंकार के पीछे उसके जीजा का हाथ है। उसकी नीयत साफ नहीं है। वह नहीं चाहता कि दीक्षा का घर बस जाए। वह दोनों बहनों का सुख ले रहा है और जीवनपर्यंत लेना चाहता है। इस जनश्रुति में कितनी सच्चाई थी, ये तो भगवान ही जाने। किन्तु ये बात भी सच है कि जहाँ चिनगारी लगती है वहीं से धुँआ भी उठता है। एक से बढ़कर एक रिश्ते आए, किन्तु निराशा ही हाथ लगती। दीक्षा और शिखा के पति को रिश्ता पसंद नहीं आता। कुछ शुभचिंतक दीक्षा को इन दोनों के रिश्ते की अफवाहों का हवाला देते हुए समझाने लगे, पर दीक्षा अपने मन और रिश्ते को पवित्र बताते हुए इन बातों से तनिक भी विचलित नहीं होती। दीक्षा अपनी दुनिया में मगन थी। सुबह सबके लिए टिफिन की व्यवस्था करती, बच्चों को तैयार करती, दोपहर का भोजन तैयार करती और फिर स्कूल जाती। दोनों बहन खुशी-खुशी मिल-जुलकर एक साथ रहते हुए परिवार की जिम्मेदारी को निभा रही थीं। दीक्षा ने दूध-सा रंग पाया था, उस पर मलाई-सा भरा-पूरा बदन उसे रूप की रानी बनाता था। उसके तन का उभार किसी के भी मन को कलुषित कर सकता था। एक दिन सुबह शिखा स्नान करने गई और नित्य की तरह दीक्षा रसोईघर में काम कर रही थी। अचानक वह जोर से चिल्लाई। कमरे में शिखा का छोटा बेटा स्कूल बैग में लंच बॉक्स रख

रहा था कि उसने पापा को दीक्षा को थप्पड़ मारते देख लिया।

वह क्रोधित होकर जोर से चिल्लाया, 'पापा, आप मौसी को क्यों मार रहे हैं?'

सतीश पुत्र की चीख से सतर्क हुआ। उसने अपनी पकड़ ढीली की और दीक्षा को तीखी नजर से देखते हुए उसे झटक दिया। उसके मन की मुराद पूरी न हो सकी। अपनी असफलता पर उसे रोष आ रहा था।

दीक्षा की चीख सुनकर शिखा जल्दी से बाथरूम से अर्धनग्न अवस्था में घबराकर बाहर निकली। दीक्षा खुद को अपने आप में समेटे हुए बुत बनी रो रही थी। सतीश घुरते हुए मुँह में कुछ बुदबुदाते-बुदबुदाते कमरे में चला गया। तुफान के बाद का सन्नाटा चारों तरफ छा गया। दोनों बहनें खामोश थी। न तो शिखा को कुछ पूछने की हिम्मत हो रही थी और न ही दीक्षा कुछ बताने का साहस कर पा रही थी। पर उनकी खामोशी सारी कहानी को बयां कर रही थी। पानी सर के ऊपर हो गया था। सतीश ने अपने मुखौटे को उतार कर वास्तविक रूप धारण कर लिया था और अफवाहें यथार्थ रूप धारण कर अट्टाहास कर रही थी। दोनों बहनों की आँखें खुल गई थी। उन्हें अब सब कुछ साफ-साफ सुनाई और दिखाई पड़ रहा था। इस बार उन्होंने इस चिरपरिचित दस्तक को सुना। अगले दिन शिखा शाम को दीक्षा के लिए एक फ्लैट देखकर आई और उस फ्लैट में उसने दीक्षा का सारा सामान व्यवस्थित कर एक मंद मुसकान के साथ दीक्षा के हाथ में फ्लैट की चाभी रख दी। शिखा की आँखों में शर्मिंदगी और चेहरे पर सुकून स्पष्ट झलक रहा था और दीक्षा की आँखों में अपनी बहन के लिए प्यार और सम्मान।

चेक पोस्ट

मिस्टर कपूर फूले नहीं समा रहे थे। उनका वर्षों पुराना काम आज पूरा हो गया था। कपूर साहब लगभग बीस वर्षों से प्रोपर्टी डीलर का काम कर रहे थे। एक माफिया के बीच में आने की वजह से उनके प्रोपर्टी का एक मामला लगभग चार वर्ष से अधर में अटका था। वह कपूर साहब को बार-बार धमकाता था। जब भी काम थोड़ा आगे बढ़ता, वह आकर काम में रोड़े अटका जाता। इस बार मिस्टर कपूर ने बहुत ऊँची पैरवी लगवाकर लंबी हाथ मारी थी। कपूर साहब की ऊँची पहुँच के कारण अर्जुन माफिया चारों खाने चित हो गया था और मिस्टर कपूर अपनी जीत की खुशी मना कर अयोध्या से अपने घर लौट रहे थे।

सरयू नदी के तट पर स्थित अयोध्या नगरी का वातावरण बड़ा ही मोहक है, यहाँ अलौकिक शांति प्राप्त होती है। मनुष्य के मन में सकारात्मक ऊर्जा और भाव उत्पन्न होते हैं। हो भी क्यों न, यह राम नगरी जो है। रामलला के पावन धरा पर उनके भव्य मंदिर से सुशोभित अयोध्या नगरी। इस धरा पर पाँव पड़ते ही मानों तन-मन के सारे विकार विलिन हो जाए हैं। सरयू नदी के प्रभाव से यहाँ गन्ना, गेहूँ, तिलहन की अच्छी फसल होती हैं। मिस्टर कपूर अयोध्या से सड़क मार्ग से लौट रहे थे। चारों तरफ हरियाली छाई हुई थी। हरे-भरे धान के खेत लहलहा रहे थे। हरे-भरे चारागाहों में भेड़, बकरी, गाय, भैंस चरी कर रहे थे। दोनों तरफ की गाड़ियों के आने-जाने के लिए रास्ते थे। सड़कों के बीच छायादार व फूलदार वृक्ष लगे थे। कुछ पौधे लाल-पीले फूलों से लदे थे। सड़क के किनारे बड़े-बड़े वृक्ष आगंतुकों के स्वागत में मेहराब बनाकर प्रकृति की सुषमा में चार चाँद लगा रहे थे। सड़क मलाई की तरह चिकनी थी। जिसपर गाड़ी अपने वेग से फिसलती जा रही थी। गाड़ी के झटके और थकान का नामोनिशान न था। उत्तर प्रदेश की सीमा तक का सफर आरामदायक और खुशनुमा रहा। किन्तु सीमा पार करते ही सड़क में बड़े-बड़े गड्ढे गति में अवरोध उत्पन्न करने लगे, पर चालक का हाथ स्टेरिंग पर सधा हुआ जान पड़ता था। एक सौ दस-बीस की गति में भी बड़ी दक्षता से गाड़ी चला रहा था।

मिस्टर कपूर के भांजे सरोज ने रोड की इस स्थिति को देखकर खेद व्यक्त की, तो

कपूर साहब ने कहा, 'दुखी होने की आवश्यकता नहीं है। हमारे क्षेत्र में काफी विकास कार्य हुए हैं। हर जगह रोड इतनी खराब नहीं है। यह बाढ़ प्रभावित इलाका है। बाढ़ का पानी सड़क पर चढ़ जाता है जिसके कारण प्रतिवर्ष इस समय सड़क खराब हो जाती है। कुछ दिनों में इसकी मरम्मत हो जाएगी। जनता टैक्स में जो पैसे देती है हमारी सरकार उन पैसों का सही इस्तेमाल करती है।' कपूर साहब की बात सुनकर सरोज ने लंबी निश्वास के साथ राहत की साँस ली।

राज्य में चुनाव सिर पर था। प्रशासन सतर्क व सजग थी, कोई लापरवाही न होने पाए। गलती से भी गलती हो जाने की कोई गुंजाइश न थी। हर पाँच दस किलोमीटर पर अस्थायी पुलिस चेक पोस्ट बनाया गया था। खाकी वर्दीधारी पसीने से तर-बतर थे। कुछ मोबाइल पर लगे हुए थे, तो कुछ चलान काट रहे थे। किसी की मेज पर चाय ठंडी हो रही थी तो किसी की मेज पर आइसक्रीम पिघल रहा था, पर सभी अपने-अपने काम में व्यस्त थे। किसी को साँस लेने की भी फुरसत न थी। सभी बड़ी ईमानदारी और निष्ठा से अपने कर्तव्य का पालन कर रहे थे। प्रत्येक चेकपोस्ट पर पुलिस वाले यमदूत की तरह तैनात थे। चेकपोस्ट पर तैनात सिपाही चील की नजर रखे थे। कोई भी प्राइवेट वाहन उनकी नजर से बच नहीं सकता था।

सरोज प्रशासन की सुव्यवस्था को देखकर अचंभित था। उसके मन में सवालों का तूफान उठ रहा था। जब उसकी जिज्ञासा दुर्दमनीय हो गई, तो उसने कपूर साहब से पूछा, 'क्या बात है मामा जी...चारों तरफ पुलिस ही पुलिस दिखाई पड़ रही है। सड़क पर वाहनों की संख्या भी कम है और पुलिस कुछ ज्यादा ही सतर्क हैं।' सरोज के पिता ने अयोध्या में जब से नौकरी पाई थी, तब से वह वहाँ का स्थायी निवासी बन गया था। वह कभी-कभी ही मामा के घर आया करता था। इस बार तो वह लगभग दस साल बाद कपूर साहब के कहने से नानी के यहाँ जा रहा था।

उसकी बात सुनकर कपूर साहब के अधरों पर हल्की मुस्कुराहट फैल गई, उन्होंने कहा, ' भांजे सरोज, यह सतर्कता साल में दशहरा, होली, दीवाली आदि त्योहारों के अवसर पर अक्सर दिखाई पड़ती है। इस बार तो महापर्व है महापर्व। सरोज अचंभित

होकर बोला, महापर्व...

हाँ, महापर्व

देख नहीं रहे हो...जगह-जगह चुनावी बैनर लगे हैं। विभिन्न पार्टियों के लोग अपनी-अपनी उपलब्धियों से हमें अवगत करा रहे हैं, जिन्हें हम भूल गए हैं। ये हमारे सबसे बड़े हितैषी होते हैं। ऐसे समय में प्रशासन को लगता है कि यह नाजुक समय होता है। सभी गलत काम ऐसे समय में ही होते हैं। प्रजा को विशेष सुरक्षा की आवश्यकता होती है। अत: वह अपनी पूरी सेना जनता की सेवा में उतार देते हैं। पुलिस कर्मियों को दबंगों का और आमजन को पुलिस का खौफ रहता है।'

इतना कहकर कपूर साहब चुपी साध लिये। इस विषय पर कपूर साहब अधिक तर्क-वितर्क कर अपने उल्लास को कम नहीं करना चाहते थे। सरोज ने भी उनकी नीरसता को देखकर अधिक छेड़छाड़ न की। मिस्टर कपूर अपनी धून में मग्न हो गए और गाड़ी में रह-रहकर अपनी सुरीली तान छेड़ने लगे। जिससे सफर का मौन बीच-बीच में भंग हो रहा था। ऐसी बात न थी कि उनकी कार में म्युजिक प्लेयर न था। म्युजिक प्लेयर तो था किन्तु उन्होंने उसे बजाने से मना किया था। उन्हें इसकी जरूरत भी क्या थी, वे तो स्वयं इस कमी की पूर्ति में समर्थ थे। एक बार कार चालक ने टेप बजाने का दुस्साहस भी किया, तो उन्होंने उसे यह कहकर बंद करवाया कि लंबे सफर में गाने के शोर से सिर भारी हो जाता है। खैर, वे स्वयं गुनगुना कर इसकी कमी पूरी कर रहे थे। गाना गाते समय वे अपने को मुहम्मद रफी और किशोर कुमार से कम नहीं समझ रहे थे।

कपूर साहब दो महीने पहले ही इस चालक को नौकरी पर रखे थे। नये चालक के साथ पहली बार लंबी दूरी का सफर कर रहे थे। जब कपूर साहब आवेश में आकर जोर-जोर से तान छेड़ते तो चालक उनका गाना सुनकर मंद-मंद मुस्कुराता। उसके साथ सफर करने में उन्हें आनंद आ रहा था, किन्तु गाड़ी का हर नाका पर रोका-टोका जाना, उनके आनंद में विघ्न उत्पन्न कर रहा था।

पहले नाके पर तैनात पुलिस ने रोका और पूछा, ' कहाँ से आ रहे हो?'

ड्राइवर ने कहा, 'सर, अयोध्या से'

दूसरे पुलिस ने पूछा, ' यह गाड़ी भाड़े की है।'

इसपर मिस्टर कपूर ने कहा, ' नहीं सर, यह निजी वाहन है।'

उसने गहरी दृष्टि मिस्टर कपूर और सरोज पर डालते हुए पूछा, ' वहाँ क्या करने गए थे?'

ड्राइवर ने बेझिझक होकर कहा, ' सर, विवाह समारोह में शामिल होने गए थे।'

उत्तर से संतुष्ट होकर अधिकारी ने गाड़ी आगे बढ़ाने के लिए हरी झंड़ी दिखाई। अभी गाड़ी ने रफ्तार पकड़ी ही थी कि अगला चेकपोस्ट आ गया। वहाँ गाड़ियों की लंबी लाइन लगी थी। एक-एक गाड़ी को रोककर पूछताछ हो रही थी। गाड़ी में सवार प्रत्येक सवारी को संदिग्ध नजरों से देखा जाता। उनकी गाड़ी की जाँच होती, जिसपर शक हो जाता, उनके गाड़ी के कागज देखे जा रहे थे। गाड़ियाँ सड़क पर रेंग रही थीं। सबकी थकान बढ़ रही थी और मन खिन्न हो रहा था। लगभग एक घंटे के इंतजार के बाद मिस्टर कपूर के गाड़ी की बारी आई। एक मोटे, काले, तोंद वाले यातायात निरीक्षक अधिकारी ने चालक के पास आकर गाड़ी का शीशा नीचे करने का संकेत किया।

शीशा नीचे करते ही पूछा, 'कहाँ जाना है?'

चालक ने कहा, 'जी अपने घर रामगढ़ जा रहे हैं।'

उसने पिछ्ले सीट की ओर इशारा करते हुए कहा, 'ये कौन हैं? सवारी हैं क्या?'

उसने मुस्कुराते हुए कहा, ' नहीं सर, ये हमारे मालिक हैं?'

मिस्टर कपूर ने हल्की मुस्कान से अधिकारी का अभिवादन किया। वह शायद उनकी मुस्कान से अत्यंत प्रभावित हुआ और बिना कुछ पूछे गाड़ी आगे बढ़ने का आदेश दे दिया। ऐसे ही लगभग हर आधे घंटे पर एक चेक पोस्ट आ जाता। किसी-किसी चेक पोस्ट पर तो सिर्फ प्रश्नों से तहकीकात नहीं हुए बल्कि डिकी खोलकर अधिकारियों को संतुष्ट करना पड़ता। बेचारा चालक हर बार डिकी खोलकर गाड़ी से उतरता, पुलिस चौकी पर तैनात सुरक्षाकर्मी के प्रश्नों का उत्तर देता, फिर गाड़ी आगे बढ़ाता। वह मन ही मन झल्लाता किन्तु अपने असीम धैर्य का परिचय देते हुए अपने इस भाव को छुपाता रहा। उसकी दक्षता पर अचंभित होकर कपूर साहब ने उससे पूछा- ' कितने साल से गाड़ी चला

रहे हो?'

उसने संक्षिप्त-सा उत्तर दिया-'सर, पंद्रह साल से..' ड्राइवर के संक्षिप्त उत्तर से उसका चिड़चिड़ापन झलक रहा था। हालांकि उसकी वाणी में उग्रता न थी। शायद वह खराब रोड और पुलिस के हस्तक्षेप से अंदर ही अंदर खिन्न हो रहा था। वह अल्पभाषी था। जितना पूछा जाता, उतना ही जवाब देता था। रंग गेहुंआ, लंबा कद, चौड़ी छाती, हृष्ट-पुष्ट शरीर, बड़ी-बड़ी आँखें, घनी भौं और भारी आवाज का स्वामी था। कुल मिलाकर वह एक सजीला जवान था, जिसका व्यक्तित्व रोबीला, प्रभावशाली और आकर्षक था।

अभी गाड़ी ने अपनी रफ्तार पकड़ी ही थी कि फिर एक चेक पोस्ट आ गया। सड़क पर गाड़ियों की लंबी कतार थी। उसमें कपूर साहब की गाड़ी भी शामिल हो गई। नेपाली शक्ल का एक खाकी वर्दी दौड़ा हुआ आया और कहा, 'ऐ...चलो डिकी खोलो, जल्दी खोलो। ड्राइवर के सब्र का बाँध टूट रहा था। वह बुदबुदाते हुए नीचे उतरा। जब तक कपूर साहब उसे हिदायत देते, वह उससे पूछा, 'और कितने चेकपोस्ट पर रूकना होगा?' उसका इतना ही पूछना कहर ढाह गया। उस पुलिस कर्मी के अहं को गहरी ठेस लगी, उसने अपने सहयोगी सिपाही को बुलाकर आदेश दिया, ' ऐ...मुझे लगता है....इस गाड़ी में कुछ गड़बड़ है। पूरा सामान उतार कर देखो। एक-एक सामान अच्छे से.... अलग-अलग करके देखो।'

गड़बड़ क्या थी। ड्राइवर ने प्रश्न पूछकर गड़गड़ कर दिया था। सारे सामान उतारे गए। सिपाही एक-एक सामान खोल-खोलकर देखने लगा। खोलकर क्या देख रहा था, स्वयं कपूर साहब सामान हटा-हटाकर दिखा रहे थे। पाँच मिनट की जगह आधा घंटे तक जाँच प्रक्रिया चली। साँच को आँच क्या, कपूर साहब सभी सामान निर्भीक होकर दिखाये जा रहे थे। जब आधे घंटे की जाँच प्रक्रिया से अधिकारी संतुष्ट हो गया, तो उसने गाड़ी आगे बढ़ाने की अनुमति दे दी। सबके जान में जान आई। गाड़ी में कुछ देर सभी मौन रहे, खामोशी छाई रही। मिस्टर कपूर ने गौर किया था कि जाँच प्रक्रिया के समय सरोज बेचैन हो रहा था। वह विकल होकर इधर-उधर देखने लगा था, निरंतर उसकी दृष्टि समानांतर सड़क पर पड़ रही थी, जिधर भारी वाहन बगैर किसी रोक-टोक के आगे बढ़ रहे थे। वह

इस दृश्य को देखकर कुछ समझ नहीं पा रहा था। क्यों....ये वाहन नहीं रोके जा रहे....इनकी जाँच क्यों आवश्यक नहीं.....वह जितना इसपर विचार कर रहा था, उसका मन विचारों के धागों में हवा की गति के साथ उतना ही उलझता जा रहा था। गाड़ी के आगे बढ़ते ही विकल होकर सफर की निस्तब्धता को तोड़ते हुए सरोज ने पूछा, 'मामा जी, ये लोग ट्रक या अन्य गाड़ियों को क्यों नहीं रोक रहे हैं? सिर्फ प्राइवेट गाड़ी पर ही इनकी पैनी नजर क्यों है?'

अबतक कपूर साहब के चेहरे की चमक नदारद हो गई थी। उनका टेप रिकॉडर भी बंद हो चुका था। लंबा सफर बहुत लंबा हो रहा था। अंधेरे का साया घना होता जा रहा था। सड़क पर लगे आकाशदीप जल चुके थे। सड़क जगमगा रही थी किन्तु कपूर साहब चिंतित नजर आ रहे थे। उन्होंने गंभीर स्वर में कहा, 'बेटा, बड़े ट्रकों में केवल फल-फूल ही ढोए जाते हैं। केवल आम के फलों के बीच में सेब रखे जाते हैं। गुलाब के फूलों के बीच गेंदा का फूल रखा जाता है। जो इन्हें उचित लगता है। ट्रक वाले इनकी सेवा-सुश्रूषा भी करते हैं। हमारी तरह प्रश्न नहीं करते हैं। उधर भी नजर डाल लो जिधर सिपाही जी एक बैग पकड़े खड़े हैं और भेंट स्वीकारने में लगे हुए हैं।'

यह अंतिम चेकपोस्ट था। इसके बाद केवल गाड़ी की गड़गड़ाहट और हॉर्न ही सुनाई पड़ रहा था। चारों तरफ नीरवता थी। सभी अपने आप में खोये हुए थे। यातायात निरीक्षण के कारण दस घंटे का सफर सोलह घंटों में तय किया गया। समस्या, उलझन बड़ी थी समाधान नगण्य। यह समस्या सिर्फ मिस्टर कपूर की नहीं है। यह तो हरेक आम नागरिक का दर्द था...है...और शायद रहेगा....।

मुखौटा

कार्यालय के गेट पर कुछ लोग बड़ी उद्दंडता के साथ चौकीदार से उलझ पड़े। सभी की आँखें लाल-लाल थी, जैसे उनकी आँखों से खून टपक रहा हो। वे अपना आपा खो बैठे थे और लगातार कंपनी गेट को ठोकर मारकर तोड़ने का प्रयास कर रहे थे। चौकीदार उनके आक्रोश को देखकर घबरा गया। दुबला-पतला, बेजान-सा अधेड़ आदमी भला इस उबलते सैलाब को कैसे रोक पाता। वह भागते हुए प्रबंधक के पास पहुँचा और हाँफते हुए बोला, 'सर, गेट पर बहुत से लोग तोड़-फोड़ कर रहे हैं।'

उसकी बात सुनकर कार्यालय कक्ष में उपस्थित कर्मचारी और प्रबंधक मिस्टर सरोज अचंभित होकर बोले, 'क्या.... कौन हैं वे लोग...' चौकीदार बोला मैं नहीं जानता सर.... पर वे लोग बहुत बर्बर और असभ्य लगते हैं।' कक्ष में उपस्थित कर्मचारियों में से कोई कुछ समझ नहीं पा रहा था कि आखिर हो क्या रहा है। कंपनी में कोई गड़बड़ी नहीं हुई है। सभी कर्मचारी भी संतुष्ट और खुश हैं। फिर ऐसा क्या हुआ जो...।''

प्रबंधक मिस्टर सरोज स्वभाव से सरल और विनम्र थे। वे साहसी भी थे। जैसे ही वे बाहर जाने लगे, कक्ष में उपस्थित उनके शुभचिंतकों ने मना किया। पर उनके मना करने के बावजूद मिस्टर सरोज उग्र समूह के बीच पहुँच गए। उनके चेहरे पर तनाव की जगह कोमल मुस्कान थी। मिस्टर सरोज विनम्र भाव से दोनों हाथ जोड़कर खड़े हो गए और उनसे शांति बनाए रखने की अपील करने लगे। सभी अपनी भड़ास निकालने में लगे थे। किसी के कानों में उनकी आवाज नहीं जा रही थी। उनमें से एक व्यक्ति की नजर उनपर पड़ी और उसने उग्र भीड़ को इशारे से शांत रहने का संकेत दिया, शायद वह इस समूह का प्रमुख था। लंबा कद, छरहरा गठीला बदन था। बड़ी-बड़ी आँखें और घनी भौं के बीच अनेक रेखाएँ थी। उसके भारी चेहरे पर रौब झलक रहा था।

मिस्टर सरोज ने मौका पाते ही कहा, 'भाइयों! इस तरह हंगामा क्यों कर रहे हो? जो भी परेशानी है हम बैठ कर उस पर बात कर सकते हैं और उसका समाधान निकाल सकते हैं। भला लड़ाई-झगड़े से कभी कोई बात बनी है?'

प्रबंधक महोदय के सरल और नम्र व्यवहार से लोगों का क्रोध शांत हुआ और समूह का प्रमुख व्यक्ति शांति वार्ता के लिए तैयार हो गया। वार्तालाप के लिए वे लोग मिस्टर सरोज के कार्यालय कक्ष में बैठे। उस व्यक्ति का गुस्सा अबतक शांत हो चुका था। वह अब एक सुसभ्य व्यक्ति की तरह बात करते हुए मिस्टर सरोज से बोला, 'सर, मेरा नाम मिलिन्द है। मेरी मोटर एजेंसी है। आपकी कंपनी में शीला नाम की युवती काम करती है। उसने मुझसे पचास हजार रुपया कर्ज लिया है। अब वह ऋण लौटाने में आनाकानी कर रही है, इसलिए मजबूरन मुझे यह सब करना पड़ा। इससे आपकी मान हानि हुई है, मैं बहुत शर्मींदा हूँ। '

सरोज बड़े सौम्य भाव से बोला, 'बस इतनी-सी बात है। इसके लिए आपको कष्ट उठाने की ज़रूरत नहीं थी। यदि आप लोग मुझसे मिलकर अपनी बात कहते, तो इसका समाधान हम पहले ही शांति से निकाल लेते।

मिलिन्द ने कहा-'सर, मैं उसे कई बार समझा चुका हूँ। वह बड़ी शातिर है। हर बार कोई-न-कोई बहाना बनाकर मुझे धोखा देती रहती है।'

सरोज ने बड़ी दृढ़ता से मिलिन्द को इस बार पैसे वापस दिलवाने का आश्वासन देकर विदा किया। उसके जाने के बाद उसने शीला को बुला भेजा, जो बगल वाले कक्ष के द्वार के पीछे खड़ी होकर उनकी बातें सुन रही थी। इस हंगामें से वह बहुत घबराई हुई थी। शीला डरी सहमी सोचती रही, इस बार तो निश्चय ही मेरी नौकरी चली जाएगी। सर के सामने कौन-सा मुँह लेकर जाऊँ? इस आदमी ने मुझे कहीं का नहीं छोड़ा है। जब से शादी हुई है, विधाता मुझसे रूठ गए हैं। नित कोई न कोई मुसीबत ....ओह....।

तभी चपरासी ने झकझोंर कर कहा,' कहाँ खोई हो ? सर जी, तुमको अपने कक्ष में बुला रहे हैं। वह डरी सहमी सकुचाती हुई सरोज के कार्यालय कक्ष में प्रवेश की। सरोज आत्मीयता से बोला, 'आओ शीला, बैठो और मुझे पूरी बात बताओ।'

शीला ने पूरी राम कहानी कह सुनाई। शराबी पति शराब और जुए में उसका सारा वेतन उड़ा देता है। उसे अपने बच्चों की पढ़ाई तथा अन्य खर्च के लिए दूसरों से ब्याज पर पैसे लेने पड़ते हैं। वह समय पर मूल तो दूर की बात है ब्याज भी नहीं दे पाती है और कर्ज

बढ़ता जाता है।

उसकी बात सुनकर सरोज ने कहा, 'तुम्हारे पति काम नहीं करते? उन्हें कुछ काम करने के लिए बोलो। इससे कुछ आर्थिक सहयोग हो जाएगा और उसका मन भी लगा रहेगा।'

शीला रुआँसी होकर बोली, 'सर, बोलने से वह गाली देता है, मारता-पीटता है। इतना ही नहीं वह मुझे बेचने की धमकी भी देता है। सर...मैं...तो बस ....बच्चों की खातिर सब कुछ सहती हूँ।'

सरोज उसकी जीवनव्यथा को सुनकर द्रवित हो गया। उसने हमदर्दी दिखाते हुए कहा, 'शीला, तुम इन लोगों को नहीं जानती। अगर तुम इनके पैसे नहीं दोगी तो ये तुम्हें पुलिस के हवाले कर देंगे। ये बड़े जालिम़ लोग हैं। संभवतः मुझपर तुम्हें नौकरी से निकालने का दबाव भी डालें।'

शीला भयभीत होकर बोली, ' नहीं...नहीं...सर ऐसा न कहिए। इस बार आप बचा लीजिए। मैं फिर कभी किसी से कर्ज नहीं लूँगी। आप प्रति माह मेरे वेतन की आधी राशि कर्ज के भुगतान स्वरूप काट लीजिएगा। '

मिस्टर सरोज ने कहा, 'सो तो ठीक है किन्तु......'

शीला गिड़गिड़ाते हुए बोली, 'सर, बस इस बार....सर.... प्लीज....।'

मिस्टर सरोज ने उससे कहा, 'शीला तुम्हें रोने या मिन्नत करने की जरुरत नहीं है। मैं तुम्हारा कर्ज चुका दूँगा, किन्तु सोचता हूँ... आधे वेतन से तुम्हारे घर का खर्च कैसे चलेगा? फिर तुम्हारा वेतन बहुत कम है...कितने सालों तक कर्ज का भुगतान करती रहोगी? '

'इसकी चिंता आप बिल्कुल भी ना करें सर। मैं सब संभाल लूँगी क्योंकि इसके सिवा मेरे पास अभी और कोई चारा नहीं है, जिससे मैं मिलिन्द के कर्ज से उऋण हो पाऊँ।' शीला ने पूर्ण विश्वास के साथ कहा।

मिस्टर सरोज ने शीला के भरे बदन पर गहरी निगाह डाल कर कहा, 'सो तो ठीक है। पर तुम्हारा वेतन ही कितना है, जो मैं आधा काट कर तुम्हारी मदद करूँ। हाँ, अगर

तुम्हें ठीक लगे तो एक उपाय है, जिससे तुम्हारा और मेरा दोनों का काम हो सकता है।'

क्या मतलब सर....? शीला ने अचंभित होकर पूछा। वह मिस्टर सरोज की निगाह से अंदर तक सिहर गई थी।

मिस्टर सरोज ने अपनी बात स्पष्ट करते हुए कहा, 'इसमें चौंकने की क्या आवश्यकता है? तुम्हारे पास पैसा नहीं है, सो मैं तुम्हें दे रहा हूँ। बदले में तुम्हें मुझे खुश करना होगा।'

शीला किंकर्तव्यविमूढ़ होकर बोली, ' सर, आपका समाज में कितना यश है... आपकी छवि कितनी निर्मल है.....आपके मुख से ऐसी बातें शोभा नहीं देती हैं।'

'ये सब कहने-सुनने की बातें हैं। यह सामाजिक छवि है।' इतना कहकर मिस्टर सरोज जोर से ठहाके लगाने लगे। उनके अट्टाहास से पूरा कार्यालय कक्ष गूँज उठा।

मिस्टर सरोज समाज की निगाह में एक सुसभ्य, उदार, विनम्र, सदाचारी, भले इंसान थे। उनके मुँह से ऐसी अभद्र बात सुनकर शीला को अपने कानों पर विश्वास नहीं हो रहा था। वह निःस्तब्ध बूत-सी खड़ी होकर सोचती रही- समाज में रुपहले बहरूपिए की कमी नहीं है। सभी नाना प्रकार के मुखौटे धारण किये हुए हैं। क्या समाज में एक गरीब स्त्री को सम्मान से जीने का अधिकार नहीं है?

पराए खून का रंग

कृपा सरल प्रवृत्ति की एक जिम्मेदार व कुशल गृहणी थी। पूरी गृहस्थी उसी के कंधों पर थी। वह घर-गृहस्थी में इतनी व्यस्त थी कि उसकी दुनिया घर की चारदीवारी में सिमट कर रह गई थी। उसकी बचपन की सहेली जयपुर में रहती थी, जो सदैव जयपुर घूमने के बहाने बाहरी दुनिया देखने के लिए उसे अपने यहाँ आमंत्रित करती रहती थी। उसके बार-बार के प्रेमनिमंत्रण को स्वीकार कर वह घर-परिवार की जिम्मेदारियों से समय निकालकर अपनी सहेली से मिलने गुलाबी शहर पहुँच ही गई। जयपुर नगर का सौंदर्य देखकर उसकी बड़ी-बड़ी सुंदर आँखें और भी फैल गई। तीन ओर से अरावली पर्वतमाला से घिरा हुआ प्राचीन रजवाडे.की राजधानी अपने अद्भुत भवन निर्माण परंपरा को संजोए हुए मन मोह रही थी। अनुपम स्थापत्य कला से निर्मित यहाँ के महल और पुराने घरों में लगे धौलपुरी पत्थर चित्ताकर्षक लग रहे थे। रास्ते में ही हवामहल, जलमहल और आमेर महल के दूर से ही दर्शन हो गए। ये महल वास्तुशिल्प के बेजोड़ नमूने हैं। गुलाबी शहर में न सिर्फ राजा-महाराजाओं के महल, किले एवं बाग-बगीचे सुव्यवस्थित और नियोजित लगें बल्कि आम नागरिकों के आवास, राजमार्ग, गलियों और सड़कों का निर्माण भी वास्तु के अनुसार किया गया प्रतीत हुआ। गुलाबी आभा से सजा हुआ यह शहर इंद्रपुरी का आभास दे रहा था।

लगभग पाँच साल बाद कृपा ममता से मिलकर गद्‌गद् हो रही थी। उसे देखकर ममता के मन में हर्ष और आश्चर्य के भाव उत्पन्न हुए। वर्षों बाद अपनी सहेली कृपा से मिल कर उसका मन हर्षित हो रहा था, साथ-ही-साथ वह अचंभित भी थी कि आखिर उसे घर-गृहस्थी से फुरसत कैसे मिल गई? इतने वर्षों से बार-बार बुलाने पर सदैव समय न मिलने का बहाना बनाकर बात को टाल जाती थी। दोनों सहेलियों के बीच चाय-पानी के बाद बातों का जो सिलसिला शुरू हुआ, वह घंटों बाद भी थमने का नाम नहीं ले रहा था। दोनों इस कदर खोई हुई थी मानो एक ही दिन में वर्षों की दूरी, गिला-शिकवा मिटाकर दम लेंगी। उन्हें न तो खाने की फ्रिक थी न ही किसी के आने-जाने की। जब ममता के

पति दफ्तर जाने लगे तब उसका ध्यान भंग हुआ। बहुत दिनों पर मिलने की वजह से दोनों अति उत्कंठित थीं। अपने दु ःख-सुख को साझा करते हुए कृपा ने कहा, 'ममता, जमाना बहुत खराब हो गया है। हर कदम फूँक-फूँककर रखने की आवश्यकता है। अब तो किसी पर भरोसा करना बहुत मुश्किल जान पड़ता है, जिसपर भरोसा करो वही आस्तीन का साँप निकल जाता है।'

ममता उसकी ओर देखते हुए आश्चर्य से बोली, 'तुमको ऐसा क्यों लगता है? माना दुनिया बदल रही है पर फिर भी सबके लिए ऐसे विचार रखना उचित नहीं है। दुनिया अभी भी अच्छे लोगों से खाली नहीं हुई है। मुझे समझ में नहीं आ रहा कि तुम ऐसा क्यों सोच रही हो....सब कुशलमंगल है न.....।'

कृपा ने कहा, 'हुम.म..सब ठीक है.....अच्छा, तुमको सानू याद है...वो गोरा चिकटा सजीला लड़का, जिसके घुँघराले बाल थे। माता-पिता की मृत्यु के बाद हमारे साथ बचपन से रहता था। '

'हाँ.....हाँ मुझे अच्छी तरह याद है। उसे कैसे भूल सकती हूँ.....उसे तो तुमलोगों ने अपने लड़के की तरह पाला है। कितना हँसमुख लड़का था। बात-बात पर हँसता था और एक बात पूछो तो अपनी छोटी आँखों को फैलाकर गोल-गोल नचाते हुए कितने जवाब देता था। मैंने देखा है...वह तुम्हारा बहुत ख्याल करता था...तुम्हें एक काम करने नहीं देता था...तुम्हें थोड़ा जुकाम हो जाता तो वह तुम्हारी सेवा-सुश्रूषा में दिन-रात लगा रहता था....तुमसे कितना प्यार करता था....बहुत आज्ञाकारी बालक था बहुत....। क्यों! क्या हुआ उसे......' ममता ने याद करते हुए सहजता से पूछा।

'उसे क्या होना था। बुरा तो हम लोगों के साथ हुआ। यदि किसी को अपना बनाने और मातृत्व प्रेम देने का ऐसा फल मिलता है, तो संसार में कोई किसी असहाय, अनाथ को सहारा न देगा।' कृपा ने भौंहे सिकोड़कर कहा।

कृपा की बातों से नफरत टपक रही थी और उसकी वाणी कठोर होती जा रही थी। ममता थोड़ा ठहरकर बोली, 'क्या कहा! उसने कुछ किया क्या। हमें साफ-साफ बताओ, तो कुछ मालूम हो। मुझे तो तुमने कभी कुछ बताया ही नहीं।'

कृपा की आँखें रक्तिम हो गई मानो उसके सामने सानू खड़ा हो। उसकी साँसें फूलने लगी, ममता ने उसका हाथ थाम लिया और सहलाते हुए बोली, 'शांत हो जाओ। यदि बताने से तकलीफ बढ़ रही है तो रहने दो। फिर कभी बता देना। उसकी वजह से अपनी तबीयत और मन को न खराब करो।'

उसने अपनी आँखें बंद कर ली। कुछ देर में खुद को समेटते हुए बोली, 'क्षमा करना दोस्त... क्या करूँ बात ही ऐसी है कि याद करते ही मन का पतंग क्रोधाकाश में उड़ने लगता है और अपने को संयमित करना थोड़ा कठिन हो जाता है। पर मैं तुम्हें सावधान करना चाहती हूँ। अतः तुम्हें बताना जरूरी है। उसने हमलोग के साथ बहुत बड़ा विश्वासघात किया, हमारे पीठ में छुरा मारा है। कुछ दिनों से उसके व्यवहार में परिवर्तन नजर आ रहा था। उसके बात करने का ढ़ंग बदल गया था। वह काम भी ठीक से नहीं कर रहा था।

'ऐसा क्यों.... बेवजह तो कोई ऐसा नहीं करता। क्या तुमलोगों ने उसे किसी बात के लिए रोका-टोका था।' ममता ने बीच में ही पूछ लिया।

'नहीं ममता, तुमने तो देखा ही है कि हम उसे अपने बच्चों से अलग नहीं समझते थे। हुआ यूँ कि मेरा मोबाइल खराब हो गया। दुकान में बनाने के लिए दिया तो बहुत दिन लग गया। और तुम तो जानती ही हो कि आजकल मनुष्य हवा के बिना साँस ले सकता है, भोजन-पानी के बिना जीवित रह सकता है किन्तु मोबाइल के बिना जीना कितना मुश्किल हो जाता है। विवश होकर मुझे नया मोबाइल लेना पड़ा। इसके कुछ ही दिन बाद पुराना मोबाइल भी बनकर आ गया। एक दिन संध्या समय सानू ने बड़े प्यार से पुराने मोबाइल की माँग की। हमने सोचा, आजकल बच्चे-बच्चे के पास मोबाइल है। सबको देखकर इसकी भी इच्छा होती होगी। नहीं देने पर इसपर बुरा प्रभाव पड़ेगा। आवश्यकता की पूर्ति न होने से ईमान बदल सकता है तो हमने उसे पुराना मोबाइल दे दिया। बस यही हमलोगों से गलती हो गई। उस मक्कार ने हमें हमारे प्रेम का यही सिला दिया।' कहते हुए कृपा पलभर के लिए रूकी फिर बोलना शुरू की। मोबाइल मिलने पर उसकी खुशी चौगुनी हो गई थी। वह बंदर की भाँति उछल-उछलकर काम करता था। लगभग दो महीने बाद वह

खोया–खोया–सा रहने लगा। रात–दिन मोबाइल में ही लगा रहता था। मेरे छोटे बेटे मनोज से उसकी खूब बनती थी। एक दिन उसने उसे बॉम्बे घुमाने का झांसा दिया और उसे घर से भगा ले गया। उस दुष्ट के हाथ खाली थे, इस कारण बच्चे को बहलाते हुए पैदल ही स्टेशन तक ले गया। मनोज की आयु ही क्या थी...वह बेचारा भोला–भाला.... बॉम्बे घूमने के नाम से बहुत उत्साहित था। मनोज अपने साथ सिर्फ घर का मोबाइल और टैबलेट ले गया था। इसके अलावे वह बेचारा घर से कुछ भी नहीं लिया था। सानू को जब यह ज्ञात हुआ कि मनोज खाली हाथ आया है तो उसने उसका टैबलेट उससे छीन लिया और मात्र तीन हज़ार में ही बेच दिया। उसके बाद वह उसे ट्रेन से समस्तीपुर ले गया। वहाँ अपने किसी मित्र के पास रात भर ठहरा और अगले दिन लोकल ट्रेन से दिल्ली के लिए रवाना हो गया। पूरे सफर के दौरान सानू बीच–बीच में किसी से बात कर रहा था। एक बार मनोज ने सुन लिया। सानू कह रहा था कि मैं एक लड़के को लेकर आ रहा हूँ...... बात करके रखना.....दो दिन बाद पुराने अड्डे पर मिलना। यह सुनते ही मनोज के होश उड़ गए। उसे कुछ–कुछ बात समझ में आने लगी, उसे घबराहट होने लगी किन्तु मेरी बात को याद करते हुए कि मुश्किल दौर में विवेक और संयम नहीं खोना चाहिए, उसने होशियारी से काम किया। शांत रहते हुए मौके की तलाश में रहा कि कब सिग्नल मिले और हमें इसकी सूचना दे। पता नहीं कैसे सानू को उसके पास मोबाइल होने का शक हो गया जब उसका शक यकीन में बदल गया तो उसने मनोज का मोबाइल अपने कब्जे में लेकर उसका सिमकार्ड तोड़ दिया और मोबाइल अपने पास रख लिया था। बेचारा मनोज.....मेरा बेटा....बुरी तरह फंस चुका था। दो दिन तक सानू ने मनोज को भूखा–प्यासा रखा। सिर्फ एक बार एक केला और खीरा खिलाया। ट्रेन में स्वयं सोता रहा और मनोज को बाथरूम के पास खड़े–खडे.सफर करना पड़ा।'

मैंने गंभीर होकर पूछा,– 'तो तुमलोगों ने मनोज को फोन नहीं किया। उसे ढूँढ़ा नहीं....पुलिस को नहीं बताया....'

ममता हमलोगों की हालत खराब थी। दिमाग ने जैसे काम करना बंद कर दिया था। सानू इतना शातिर था कि उसने अपना नंबर बदल लिया था। मेरा तो रो–रोकर बुरा हाल

था। संजय की जान-पहचान बड़े-बड़े लोगों से थी, उन लोगों ने हमारी बहुत सहायता की। थाना प्रभारी, बैंक पदाधिकारी, डी.एस.पी.साहब सभी लोग मेरे घर पर ही बैठे रहे। पूरा घर परिजनों से भरा था। मुहल्ले में यह खबर आग की तरह फैल गई थी। कुछ समझ में नहीं आ रहा था कि क्या करें ...क्या न करें। कोई सुराग नहीं मिल रहा था। दो दिन बीत गया किन्तु मनोज की कोई खबर न आई और न ही मनोज ने फोन किया। गहन बैठक बैठाई गई। जाँच अभियान की टीम गठित हुई। सभी अपने-अपने तरीके से जोर-शोर से काम में लग गए पर हाथ कुछ नहीं लग रहा था।

दिल्ली पहुँच कर सानू उसे एक सुनसान स्थल पर ले गया। सुनसान जगह...जिसे जंगल भी कह सकते हैं क्योंकि आस-पास बस्ती के नाम पर एक दो घर थे। लंबे-लंबे सघन वृक्षों और नाना प्रकार की वनस्पति से आस-पास का क्षेत्र भयावह लगता था। रात में कभी झिंगुर तो कभी दूसरे छोटे जन्तुओं की आवाज, कभी-कभी तो बड़े जानवरों की आवाज भी सुनाई पड़ती थी। वहीं एक टूटे-फूटे मकान के सबसे ऊपरी मंजिल के एक कमरे में मनोज को बंद कर दिया और सानू स्वयं थकान के कारण नशा करके सो गया। मनोज ने बड़ी बुद्धिमानी से काम किया। ईश्वर का लाख-लाख शुक्र है। उसे परिवार के हर सदस्य का मोबाइल नंबर अच्छी तरह याद था। उसने पाँचवें दिन शाम चार बजे मौका पाते ही नशे में धूत सानू के मोबाइल से मुझे फोन किया। फोन पर उसकी आवाज़ सुनाई दी लेकिन तुरंत फोन कट गया। हमलोगों की बेचैनी बढ़ गई। इधर थाना प्रभारी ने सारी व्यवस्था कर रखी थी। उसने कहा यदि इस बार फोन आए, तो उससे अच्छे से बात कीजिए और पता लगाइए कि वह कहाँ है। लगभग दस मिनट बाद फिर फोन आया। मैंने मनोज से बात करनी शुरू की। फिर फोन इंस्पेक्टर साहब को दे दिया। उन्होंने उससे विस्तार से जानकारी ली। उसने बताया कि उसे पता नहीं है कि वह कहाँ है किन्तु यह एक पुराना मकान है। इतना कहकर वह रोने लगा और फोन कट गया।

पुलिस ने फोन ट्रेस कर लिया था। नंबर दिल्ली के पिछडे.क्षेत्र का था। पुलिस अधीक्षक ने दिल्ली पुलिस को सूचित किया और खोजने की प्रक्रिया तेज हो गई। पुलिस गस्त लगाती रही किन्तु सब व्यर्थ था। एक दिन सानू ने फोन पर किसी से लड़ाई किया और

फोन पर बात करते-करते बाहर निकल गया और गलती से उसने कमरे का दरवाजा खुला ही छोड़ दिया। मौका लगते ही बेटा कमरे से निकला। धीरे-धीरे सीढ़ियाँ उतर रहा था, तभी उसने सानू की आवाज सुनी। अभी एक मंजिल और उतरना था। जैसे ही सानू ऊपर की ओर गया, मनोज दौड़ कर जंगल में चला गया और एक पेड़ के पीछे छिप गया। सानू उसे कमरे में न पाकर बेचैन हो गया और बदहवास-सा फोन पर बात करते हुए इधर-उधर देखा। कुछ ही देर में एक वैन आई, वह उसमें बैठकर चला गया। उसके जाते ही मनोज अनुमान से शहर की ओर भागा। करीब एक घंटे जंगल में भागने के बाद उसे एक चौकी नजर आई, वह दौड़ता हुआ वहाँ पहुँचा, पर निराशा हाथ लगी। वहाँ कोई न था। पर उसे आशा की किरण दिखाई दी। वह फिर उसी दिशा में भागने लगा, करीब डेढ़-दो घंटे बाद उसे घर दिखाई देने लगे। उसने एक घर में प्रवेश कर उस घर के पुरुष को सारी बात बताई और पुलिस चौकी तक पहुँचाने का आग्रह किया। भला हो उस सज्जन का....जिसने अपने स्कूटर से मनोज को थाने तक ले गया और उसे पुलिस के हवाले किया। फिर क्या....जैसे ही हमें इसकी सूचना मिली, अगली फ्लाईट से उसके पापा दिल्ली पहुँच गए। मनोज के बताए उस पुराने फ्लैट पर छापा मारा गया। सानू तथा उसके साथियों को गिरफ्तार कर लिया गया। उस मकान के सभी कमरों की तलाशी ली गई...।

कृपा की बातें खत्म होने पर ममता ने पूछा, 'आखिर सानू ने ऐसा क्यों किया...कुछ पता चला। क्या किसी बात को लेकर वह तुमलोगों से खफ़ा था?'

नहीं ऐसा कुछ नहीं था। उसकी बातों से यही पता चला कि लालच और गलत संगति मनुष्य को अंधा बना देता हैं। मेरी मानो तो किसी पर अंधा विश्वास न करना। अपने आस-पास के लोगों और अपने बच्चों पर ध्यान देना। हर तरह की परिस्थिति और दुनिया की चालाकियों से बचने के लिए आज उन्हें प्रशिक्षित करने की आवश्यकता है। आजकल तो आए दिन अपहरण और धोखाधड़ी के वारदात का होना आम बात हो गई है। ऐसे में सर्तकतारूपी सुरक्षा कवच को धारण करना ही उचित होगा।

नशा

रंजन सीधा-सादा परिश्रमी युवक था। वह एक बड़ी सीमेंट फैक्टरी में काम करता था। वह पूरी ईमानदारी से काम किया करता था। मालिक उसके काम से इतना खुश था कि छः महीने में ही उसे मैनेजर बना दिया। वह कर्मचारियों से लेकर चपरासी, चौकीदार तक के दु:ख, परेशानी को समझता और उनकी सहायता करता था। उसके पास से कोई खाली हाथ नहीं लौटता था। उसका स्नेह और प्रोत्साहन पाकर अन्य कर्मचारी पूर्ण निष्ठा से काम करते थे। उसके परिश्रमी, मिलनसार और शांत स्वभाव के कारण फैक्टरी के सभी लोग उसे बहुत पसंद करते थे। वह दिनभर फैक्टरी में जी तोड़ मेहनत करता, काम की अवधि में उसे कोई दूसरा काम न सूझता था, भोजनावकाश के अलावा एक मिनट के लिए भी विश्राम करना उसे मंजूर नहीं था। वह फैक्टरी में काम करने वालों के लिए उदाहरण था, उसे देखकर स्वतः ही कोई समय बर्बाद करने की हिम्मत नहीं करता। कभी कोई थोड़ी देर काम के बीच में बैठ जाता तो आत्मग्लानि से भर जाता और रंजन के बिना पूछे ही अपनी सफाई उसके सामने पेश करता। रंजन जो काम करता, उसे पूरी लगन से, पूर्ण समर्पण के साथ खुशी-खुशी करता। सुबह आठ बजे से शाम पाँच बजे तक वह काम के जुनून में रहता था। पर शाम पाँच बजे छुट्टी होने के बाद वह सीधे अपने घर जाता। अपनी पत्नी और दो बच्चों के साथ वक्त बीताना उसे प्रिय था, उसमें वह किसी तरह का व्यवधान नहीं चाहता था। पर जीवन में सम्मान, पद और पैसा किसे प्रिय नहीं होता। समय के साथ उसके वेतन में बढ़ोत्तरी होने लगी और घर में पैसों की बरसात। पत्नी और बच्चे ठाठ की जिंदगी जीने लगे। मालिक उसकी काबिलियत से इतना प्रभावित था कि अपने हर काम के लिए वह रंजन पर निर्भर रहने लगा। रंजन अपने आप को फैक्टरी का मालिक समझने लगा था। परिणामतः रंजन के पास परिवार के लिए अब कम समय बचता। वह सदैव फैक्टरी के चाटुकारों से घिरा रहता। वह अपने रूतबे को बनाए रखने के लिए घर पर भी फैक्टरी के कामों में लगा रहता।

रविवार को सवेरे-सवेरे उसके घर के आँगन में लोगों की लगी हुई भीड़ को देखकर

गाँव के लोग दंग थे, जितनी मुँह उतनी बातें हो रही थी। उसके घर में लोगों का ताँता लगा था। गाँव के मुखिया भी उस भीड़ का अहम् हिस्सा बने हुए थे।

रंजन के पड़ोस में सत्तर वर्षीय सुखिया काकी रहती थी। काकी उसकी कुटुंबिनी नहीं थी। उनके बेटें अब विदेशी बन गए थे। कभी-कभी उनकी चिट्ठी आ जाती थी। काकी को इस बात की कोई तकलीफ नहीं थी। उन्हें तो रंजन के रूप में एक बेटा मिल ही गया था। उनका रंजन से दिल का नाता था। उन दोनों का अद्भुत रिश्ता था। वह रोजाना काकी के घर जाता, उनकी गोद में सिर रखकर आराम करता था। वह काकी का बहुत सम्मान करता था। काकी भी उससे कम लाड़ नहीं करती थी। गोद में सिर रखते ही वात्सल्य भाव से भर जाती। वृद्धावस्था में शरीर जर्जर और नेत्र निस्तेज हो गए थे। उनकी गोद अवस्था के दृष्टिकोण से कमजोर थी किन्तु ममता जागृत होते ही उसमें जान आ जाती और वह प्यार से रंजन के रेशमी मुलायम बालों में अपनी काँपती झूरींदार उँगलियों को फेरती रहती। यदि कभी रंजन सिर दर्द की शिकायत करता तो वह धीरे-धीरे तेल लगाती, उसका माथा दबाते रहती, जब तक उसे नींद नहीं आ जाती। अपने लिए खाना बनाना काकी के लिए भले ही संभव न हो, पर रंजन के लिए उसके पसंद की कोई-न-कोई व्यंजन तैयार करती और प्यार से उसे अपने हाथों से खिलाती। रंजन भी उन्हें माता तुल्य समझता था। उनकी कोई बात नहीं टालता था। काकी थोड़ी परेशान रहने लगी थी। कुछ दिनों से उसका काकी के यहाँ आना-जाना कम हो गया था या यूँ कहे कि उसने उनके यहाँ जाना एकदम छोड़ दिया था। उन्हें तो रंजन की आदत पड़ गई थी, जो उनके जीवन के खालीपन को भरता था। रंजन के प्यार और सम्मान ने काकी के मन में जीवन के प्रति मोह उत्पन्न किया था। काकी उसके इस परिवर्तन से थोड़ी चिंतित रहने लगी थी। अचानक एक दिन सुबह-सुबह काकी से उसका आमना-सामना हो गया। सामने काकी को पाकर वह ठिठक गया और नजरें चुराने लगा।

काकी ने बड़ी आत्मीयता से पूछा- 'कहाँ जा रहे हो, बेटा? आजकल इधर आना नहीं होता है।'

काकी की बात सुनकर वह क्षणभर के लिए रूका। फिर आगे बढ़ने की कोशिश करने

लगा। उसके कदम लड़खड़ा रहे थे। वह अपने को संभाल भी नहीं पा रहा था। रंजन नजरे नीचे किये हुए बिना कुछ बोले किसी तरह संभलते और लड़खड़ाते हुए आगे निकल गया।'

कहते हैं कि संगत से गुण आत है संगत से गुण जात। उसकी फैक्टरी में कर्मा के आने से बहुत कुछ बदलने लगा था। कर्मा खुशमिजाज, मिलनसार और आकर्षक युवक था। उसकी बोली में सम्मोहन शक्ति थी, जो भी उससे बात करता उसकी चिकनी-चुपड़ी बातों के घेरे से बच नहीं सकता था। वह देखते ही देखते बातों-बातों में दिल में उतर जाता था और अपना उल्लू सीधा कर लेता था। कर्मा इस कला में इतना दक्ष था कि सामनेवाले को इसकी भनक तक नहीं लगती थी। रंजन ऐसे मायावी व्यक्तित्व के आकर्षण से कैसे बच पाता। धीरे-धीरे रंजन की उससे मित्रता हो गई। दोनों साथ-साथ रहते, लंच करते। कर्मा रंजन के दिलोदिमाग पर इस कदर हावी हो गया था कि अब शाम को परिवार के बजाय रंजन को कर्मा के साथ समय व्यतीत करना भाने लगा। कर्मा के आकर्षक व्यक्तित्व का जादू रंजन पर चल गया था। रंजन को नशा करने की बुरी लत लग गई थी। उसे केवल मदिरा सेवन की ही आदत न लगी थी, जुआ खेलने की लत भी लग गई थी। अपने दोस्त के साथ रात-रात भर जुआ खेला करता था। जुआ खेलने की आदत कब नशा में बदल गई, उसे ज्ञात ही न हुआ। पहले तो वह अपनी कमाई का अधिकांश भाग जुआ में हार जाता। धीरे-धीरे अपने घर के सामान को भी इस खेल को भेंट करता गया। घर खाली हो जाने के बाद उसने लोगों से कर्ज लेना शुरू कर दिया था। कर्ज के लिए कभी अपने बच्चे की बीमारी का बहाना करता, तो कभी अपनी बीबी की। जुआड़ी दोस्त ने जब उसे कंगाल कर दिया और वह कर्ज के बोझ से बुरी तरह दब गया, तो जुआ खेलने के नशा से तो मुक्ति मिल गई किन्तु सुरा ने दामन पकड़ लिया। वह इस नशे में इस तरह डूबा कि उसे रात-दिन का होश ही नहीं रह गया था।

उसकी पत्नी शीला अधिक पढ़ी-लिखी न थी। वह पाँचवीं पास थी। बचपन में पढ़ाई छुट जाने के कारण ठीक से पढ़-लिख नहीं पाती थी। रंजन के मालिक के पास काम माँगने गई थी। उन्होंने यह कहकर इंकार कर दिया कि रंजन यहाँ ऊँच पद पर काम

करता है। तुम्हें कैसे साफ-सफाई या चाय बनाने के लिए रख लूँ। मुझसे ऐसा नहीं होगा और रंजन को जब इस बात की खबर होगी तो उसे भी बुरा लगेगा। संभव हो कि यह तुम दोनों में कलह का कारण भी बन जाए और तुम्हारी पारिवारिक शांति भंग हो जाए। थक-हारकर शीला अपने परिवार के भरण-पोषण के लिए घर-घर जाकर घरेलू काम करने लगी थी। उसके बच्चे मेघावी थे। बड़े लड़के को कल-पुर्जो में बहुत रुचि थी। वह पढ़-लिखकर इंजीनियर बनना चाहता था और बेटी की अभिरुचि चित्रकला में थी। उसका चित्रांकन सराहनीय था। वह फैशन डिजाइनर बनना चाहती थी। किन्तु आर्थिक तंगी के कारण उनकी पढ़ाई-लिखाई छुट गई थी। शीला यह देखकर घुटते रहती थी। उसने सोचा था कि बच्चे पढ़-लिखकर उसके विपदा के दिन को दूर करेंगे। पर किस्मत को तो कुछ और ही मंजूर था। वह रात-दिन रोती रहती और अपने भाग्य को कोसती, उसे बदलने की पूरी कोशिश करती। कहते है कि शिद्दत से किसी काम को करना चाहो, तो पूरी कायनात उसे पूरा करने में लग जाती है। लेकिन शायद शीला के लिए ये विचार सटीक नहीं थे। शीला एड़ी-चोटी एक करके परिवार के लिए भोजन का इंतजाम तो कर लेती थी, पर बच्चों की पढ़ाई का भार नहीं उठा सकती थी।

शीला रंजन को समझाने का हर पल प्रयास करती, बच्चों के भविष्य का हवाला देती। रंजन बडे ध्यान से उसकी बातें सुनता और सहयोग करने का वादा करता था, पर एक घंटा भी नहीं बीतता फिर से वह नशे में धुत्त हो जाता। वह अपने पति की इस हालत को देखकर दु:खी और परेशान रहती थी। उसपर लेनदारों का घर में तांता-सा लगा रहता था। रंजन से तो बात करना ही गुनाह था। वह होश में रहे तब तो कोई कुछ कहे। लेनदार भी रंजन से तगादा न करके शीला को ही परेशान करते थे। उसके हालात का फायदा उठाने का प्रयास करते। वह देखने में खूबसूरत थी। उसके कसे बदन पर सभी नियत खराब करते। किन्तु शीला का नारीत्व मजबूत था। वह टस-से-मस न होती। पतित लोगों की कड़ी नजर और लेनदारों से वह तंग आ गई थी। बहुत दिक्कत से अपने लिए दो जून की रोटी जुटा पाती थी, वह उनका कर्ज कहाँ से देती। वह समाज में किसी से नजर मिलाकर बात नहीं कर सकती थी। राह चलते दूर से लेनदार दिखाई दे, मार्ग बदल

लेती। अब तो उसका जीवन लुका-छुपी का खेल बन गया था। आपातकाल के लिए जो थोड़ा बहुत पैसा बचाती, उसे रंजन ढूँढ निकालता और शराब पी जाता।

काकी कल ही घूमते-टहलते शीला से मिलने चली गई थी, तो वह बिलखने लगी और अपना दुखड़ा रोते हुए कह रही थी, 'काकी! मैं इस जीवन और अपमान से तंग आ गई हूँ। अब जीने की इच्छा नहीं होती। बस इन बच्चों का मोह मुझे रोक लेता है। वैसे इनका भी क्या भविष्य है.... इनके पिता को तो इसकी परवाह ही नहीं है। वे तो इस दुनिया से ही बेखबर हैं। पहले काम का उन्माद...फिर कर्मा के साथ की मस्ती...जूए की लत और अब शराब का नशा'

काकी ने ढ़ारस बँधाते हुए कहा, 'धीरज रखो बेटी। सब ठीक हो जाएगा। अपने मालिक से पेशगी माँग लो और जितना कर्ज है, उससे मुक्त हो जाओ।'

पेशगी की बात सुनकर शीला के मुख पर एक फीकी मुस्कान फैल गई। उसने मौन नेत्रों से अपनी व्यथा व्यक्त की, जिसे संभवतः काकी नहीं समझ पाई। उनके दुबारा सुझाव देने पर उसने कहा, 'आपको क्या लगता है काकी, मैंने प्रयास नहीं किया। कितना कर्ज चुकाऊँ....कितना.....ऐसा लगता है कि सारा संसार लेनदार बन बैठा है। और मालिक तो वेतन देने से कतराते हैं, वे भला क्यों पेशगी देने लगे। उन्हें तो सदैव यह शक ही रहता है कि उनका पैसा लेकर कहीं भाग न जाएं। हम गरीबों का कोई सहारा नहीं है काकी कोई भी नहीं....।'

काकी ने नसीहत देते हुए शीला को कहा, ' तो फिर क्यों नहीं रंजन को समझाती और संभालती हो। वह नशे में डूबने के बजाय पहले की तरह काम धंधे पर लग जाए, तो सारी परेशानियाँ दूर हो जाएँगी।'

शीला ने काकी से सहमति जताते हुए कहा, 'आपकी बात बिल्कुल सही है काकी, पर आप तो रंजन को जानती ही हैं। उन्हें पीने के पैसे न मिले तो कितना लड़ाई-झगड़ा करते हैं। आजकल तो उनके हाथ भी छुटने लगे हैं। नशे की हालत में बच्चों पर भी हाथ उठाने लगे हैं। जीना दुश्वार हो गया है काकी। कोई उम्मीद....कोई मददगार नहीं दिखाई देता है। लेनदार तो ऐसी नीचतापूर्ण बातें करते हैं कि ऐसा लगता है धरती माँ अपने में मुझे समा

ले, तो मैं मुक्ति पाऊँ। पर समाज के इन ठेकेदारों और पैसेवालों को लज्जा नहीं आती। और मैं आपसे क्या....क्या कहूँ काकी। रंजन आपकी बहुत इज्जत करते हैं। आप उनको समझाइए....शायद आपकी बात मान जाएं।'

काकी ने विवशता दिखाते हुए कहा,' बेटी! वह सही मुँह बात करें, तब न उसे कुछ समझाऊँ। वह तो सदा ही नशे में रहता है और कभी कुछ बोलो तो कहता है; काकी कम से कम तुम तो मुझे समझा करो। वह उल्टे मुझे ही समझने की बात करता है। ऐसे में मैं उससे क्या कहूँ।'

पुलिस के आने से काकी का ध्यान भंग हुआ। चारों शव पोस्टमार्टम के लिए एम्बुलेंस में रख दिया गया। पुलिस सबसे पूछताछ कर रही थी, सभी अपनी-अपनी जानकारी से पुलिस को अवगत करा रहे थे। कुछ अनावश्यक अधूरी बातों को बता रहे थे। उस परिवार के जीते-जी जिन लोगों को उनसे कोई मतलब न था वे पुलिस की तहकीकात में अपनी टाँग अड़ा रहे थे। छुट्टी का दिन था। सभी को फुरसत थी। चिलचिलाती धूप में लोगों को कोई कष्ट न हो रहा था। हाँ.. किसी की सहायता करने की बात होती तो जरूर कष्ट होता। लोग जितना रंजन के मेहनत, लगन, निष्ठा, मौज-मस्ती से परिचित थे उतना ही उसके लत से भी। रंजन जिन लोगों का कभी खुदा था, आज वे भी दबी जुबान से उसके उन्माद की चर्चा कर रहे थे। कहते है मरने के बाद मरनेवाले की सिर्फ अच्छाई दिखाई देती है। शायद इसी वजह से सभी रंजन और उसके परिवार के प्रति सांत्वना प्रदर्शित कर रहे थे। उसके प्रति सहानुभूति दिखा रहे थे। गाँव के सज्जन लोग इस परिवार के अंत पर अफसोस जता रहे थे।

काकी ने एक लंबी आह भरते हुए थानेदार से कहा, 'कितनी विवश व लाचार थी बेचारी और संगति तथा नशे की लत ने रंजन के खुशहाल परिवार को निगल लिया। आह!!! नशे ने उसके पूरे परिवार को ....। तहकीकात में रंजन के सिर पर गहरी चोट पाई गई, बच्चों के गले मे नीले निशान और शीला की मुट्ठी में लॉकेट लगा हुआ एक टूटा हुआ चेन ....। लॉकेट शीला की मुट्ठी से खींचकर निकाला गया, उसका एक हिस्सा थानेदार के हाथ लगा, जिसमें लगी थी काकी और कर्मा की तस्वीर .....।

इस हृदयविदारक दृश्य को जिसने भी देखा, सभी ने यही कहा- नशा चाहे जैसा भी हो, वह विनाश का तांडाव ही करता है।

बीमार कौन

बहुत दिनों बाद राजन भैया घूमते-टहलते सुबह-सुबह मुझसे मिलने घर आए। उन्हें देखकर मेरी खुशी का ठिकाना न था। वैसे तो वे मेरे ही शहर में रहते हैं किन्तु हम जीवन के भागमभाग में इतने खो गए हैं कि पास रहते हुए भी हमें मिलने की फुरसत नहीं रहती और रही-सही कसर मोबाइल निकाल देता है। एक-दूसरे की खबर तकनीकी सुविधा से घर बैठे मिल ही जाती है, तो बाहर निकलने की क्या आवश्यकता? भले ही हम स्वयं को बचाने के लिए व्यस्तता की फिलॉसफी दे दें, किन्तु यह सत्य है कि उन्नतिशील समाज और अपनी महत्वकांक्षाओं की पूर्ति की चाहत की वजह से रिश्तों में दूरियाँ बढ़ती जा रही है। खैर, बहुत दिनों बाद हमारा मिलना हो रहा था, अतः मैं बड़े उत्साह से उनके आवभगत में लग गई। घर के सारे काम-काज जल्दी-जल्दी निपटाया, स्वादिष्ट जलपान बनाया, स्वयं उन्हें परोसा और इत्मीनान से बैठकर इधर-उधर की बातें करने लगी। हम बातों में इतने खो गए थे कि देखते-ही-देखते दोपहर के भोजन का समय हो गया और हमें समय का भान ही न रहा। भैया जब उठकर अपने घर जाने लगे, तो मैंने उन्हें भोजन के लिए रोकना चाहा। वे आना-कानी करने लगे।

वे कहने लगे, 'अरे! क्यों बेवजह परेशान हो रही हो....अभी-अभी भरपेट नाश्ता किया है...वैसे भी तुम्हारी भाभी भोजन पर मेरा इंतजार कर रही होगी....फिर कभी भोजन कर लूँगा।' मुझे उन्हें रोकने का कोई उपाय नहीं सूझ रहा था। फिर मैंने उनकी कमजोरी को ध्यान में रखते हुए उन्हें रेशमी कबाब, कढ़ाई मटन का लालच देकर मध्याह्न भोजन के लिए रोक ही लिया। वैसे भी जीरा राइस उनकी कमजोरी है और यह मैं जानती थी। उन्होंने खूब पसंद से भोजन किया। उनका पेट तो भर गया किन्तु मन न भरा था। उन्हें थोड़ा और कबाब खाने की इच्छा हो रही थी। मन भर भी कैसे सकता था, उस दिन का कबाब बना ही बहुत लज़ीज था। वैसे भी जहाँ तक कबाब की बात हो, तो आध एक पाव खाने के बाद भी खाने की ललक बनी रहती है। न जाने कबाब के लिए पाचन शक्ति कैसे मजबूत हो जाती है? उनकी इच्छाशक्ति इतनी प्रबल हुई कि उन्होंने पात्र की ओर हाथ

बढ़ा ही दिया, पर दूसरे ही पल क्षण भर रूके और कबाब लिए बिना अपने हाथ खींच लिये। उन्होंने अपने इंद्रियों को संयमित किया। संभवत : इस पेटूपन के भयंकर परिणाम को सोचकर उनका दिल दहल गया। आजकल उन्हें गरिष्ठ भोजन से तकलीफ़ होने लगती थी। वे उम्र के हिसाब से सात्विक भोजन करना ज्यादा पसंद करने लगे हैं, पर यह जिह्वा है कि मानता नहीं, उसे तो चटकारा लेना होता है।

एक बहन का हृदय माता के हृदय सदृश होता है...अपार ममता से भरा। उनका मन मारना मुझे अच्छा न लगा, पर कहते हैं न कि थोड़ा संयम करने से यदि स्वस्थ रहें तो जिंदगीभर नाना प्रकार के व्यंजन का लुफ्त उठा सकते हैं। वैसे आधुनिक रहन-सहन और खान-पान की वजह से प्राय : हर घर में एक बीमार व्यक्ति मिल ही जाता है, चाहे वह तन से बीमार हो या मन से। तन की बीमारी का इलाज तो संभव है किन्तु मन की बीमारी लाइलाज होती है। मैंने भी अपने चंचल मन को उनके स्वास्थ्य को ध्यान में रखते हुए नियंत्रित कर लिया, किन्तु मन उद्विघ्न और उदास हो रहा था।

मैं सभी भाई-बहनों में सबसे छोटी हूँ। पिता जी की मृत्यु के बाद मुझे सभी बडे.भाई-बहनों ने बड़े लाड़ से पाला है। खासकर राजन भैया....बचपन में मेरी छोटी-छोटी अभिलाषा राजन भैया के द्वारा पूरा किया जाता था। कोई मुझे उल्टा-सीधा कह दे, उन्हें असह्य हो जाता था। कोई मुझसे छोटा काम करवा ले या उनसे मेरे द्वारा काम न करने की शिकायत करे, तो वे उन्हें आड़े हाथों ले लेते थे। मुझसे बहुत प्रेम करते थे और वे मेरे स्वभाव को बहुत अच्छी तरह जानते व समझते हैं। उन्हें मेरी उद्विघ्नता को भापने में देर न लगी। वे मुझे अधिक देर तक गुमसुम न देख सके। अत : माहौल बदलने के उद्देश्य से उम्र की बात करते हुए हँसकर बोले, 'भई, अब मैं चौंसठ का हो गया हूँ। इच्छा का क्या है? उसे तो अपनी तुष्टि से मतलब होता है। इस उम्र में इच्छा को मारने में ही भलाई है। जीभ का क्या....यह तो भली-बुरी हर चीज का स्वाद चखना चाहती है किन्तु उसकी परिणाम तो पूरे शरीर को भुगतना पड़ता है। इसलिए इच्छाओं का दमन आवश्यक है, हालाँकि मैं जानता हूँ कि इच्छाओं को जितना दमित किया जाता है, वह और भी प्रबल होती जाती हैं। फिर भी बाबू...जिह्वा को नियंत्रित करना ही उचित है। स्वस्थ रहेंगे तो जीवन आनंददायक

है, वरना...दूसरों के आसरे तो जिन्दगी गुजारी नहीं जा सकती। दूसरे के सहारे जीवन बीताना नरक सदृश है। वैसे भी अब मैं खुद को सदैव तैयार रखना चाहता हूँ। जाने कब बाजे-गाजे के साथ दुल्हा आ जाए.......मैं तैयार नहीं रहूँगा, तो मुश्किल हो जाएगी.... अब तो बस बुलावे का इंतजार है।'

उनकी बातों से मन थोड़ा हल्का तो हुआ, लेकिन इस कथन से मुझे उनके जीवन के उथल-पुथल का संकेत मिला। मन विचलित होने लगा। उन्हें जीवन से बहुत प्यार था, ऐसे शक्स के मुख से मृत्यु के इंतजार की बात सुनकर हैरानी हुई। उनकी बहकी-बहकी बातों के पीछे के कारण को जानने के उद्देश्य से मैंने नासमझी का अभिनय किया और हँसते हुए कहा, 'सही कह रहे हो भैया..बस बहुत जी लिए अब.....सच में अब उम्र हो गई है....हमारे खानदान में साठ तक की ही जीवन-अवधि है। माँ-बाबा, दीदी बासठ में चल बसे और दोनों भाई तो साठ से पहले ही स्वर्गवासी हो गए। अब हमें भी मोह-माया को त्याग कर ईश्वर से जुड़ जाना चाहिए और जाने के लिए कमर कस लेना चाहिए। अंततः वही तो अपना असली घर है। ये काया...ये रिश्ते...ये दुनिया...सब भ्रम है.... माया है माया।'

'अब तुमने सही बात कही।' कहकर भैया मौन हो गए।

वे न जाने किन ख्यालों में खो गए। उनकी छोटी-छोटी आँखों के कोनों में अटके हुए मोती नजर आने लगें, जिन्हें वह गिराना नहीं चाहते थे। इन बेशकीमती मोतियों को दिखाना भी नहीं चाहते थे, पर ये नैना तो बेईमान होते हैं। इससे कोई राज छिपता है भला....दिल का राज बता ही देते हैं। फिर भी वे मंजे हुए खिलाड़ी थे। उन्होंने यूँ अपने बालों को धूप में सफेद नहीं किया था। अपनी पलकों में उन चमकीले मोतियों को छुपा गए। मैं इतना तो समझ गई थी कि भैया परेशान हैं, दुःखी हैं। मैं हताशा की वजह को जानना चाहती थी, किन्तु सीधे प्रश्न करके उनके जख्मों को कुरेदना नहीं चाहती थी। मेरे पूछने पर वे आहत होते। वैसे भी मैं उनकी नजर में बच्ची थी। अपनी परेशानियों से वे मुझे हमेशा की भांति दूर रखना चाह रहे थे।

एक लंबे मौन के बाद अपनी भावनाओं को समेटते हुए एक मंद मुस्कान के साथ

उन्होंने गंभीरता से कहा, ' मैं सबकी तरह सदैव ईश्वर से यही याचना करता हूँ कि भगवान मुझपर कृपा करें और चलते-फिरते अपने घर बुला लें। लंबा जीवन न दे और यदि लंबी जिंदगी देनी हो, तो स्वस्थ रखे... और...सबसे महत्वपूर्ण, जोड़ा सलामत रखे... और जब एक को बुलाए तो थोडे.ही दिनों के अंतराल में दूसरे को भी अपने पास बुला ले। हालाँकि मैं जानता हूँ ऐसा नसीब खुशकिस्मत लोगों का होता है...न जाने हमें ये सौभाग्य प्राप्त होगा भी या नहीं।'

मैं उनकी आँखों में दर्द, विवशता देख रही थी। भैया बड़ी सफाई से आँसू तो पी गए थे, किन्तु जो तूफान उमड़ रहा था, वे उसके वेग को कैसे रोक पाते। वह तो प्रबल थी.... प्रचंड थी....अदम्य थी....बवंडर का रूप लेकर बार-बार उनकी उठाई हिम्मत व धैर्य की दीवार को तोड़ने के लिए मचल रही थी।

वे अपनी नम आँखों को मुझपर टिकाते हुए बोले, 'जानती हो दया...बुढ़ापे में अगर पति या पत्नी दुखते हाथ-पैर को दबाने के मकसद से छू भर लेते हैं तो असीम आनंद की अनुभूति होती है। एक ही पल में शरीर की सारी पीड़ा गायब हो जाती है। वह आत्मीय स्पर्श दवा का काम करता है तथा बहुत चमत्कारी होता है। जैसे ईश्वर अपने स्पर्शमात्र से चंगा करते हैं वैसे ही जीवनसाथी का स्नेहपूर्ण स्पर्श शरीर की सारी पीड़ा को हर लेता है। मुझे तुमसे यह कहने में तनिक भी संकोच नहीं हो रहा है कि वास्तविक प्यार बुढापे में होता है। अब तुम परिपक्व हो और इन बातों की गहराई व गंभीरता को अच्छी तरह समझ सकती हो। जवानी तो प्यार का छलावा है। शरीर की जरूरत है...प्यास है....आकर्षण है। और यह होना भी चाहिए...इसे गलत नहीं कहा जा सकता है। यही तो सृजन का आधार है, वरना सृष्टि कैसे आगे बढ़ेगी। इसमें हम व्यवधान उत्पन्न करेंगे, तो सृष्टिकर्ता के कार्यों में बाधक बनेंगे, जोकि उचित नहीं है।'

जब भैया को खुलकर बातें करते हुए देखा, तो कुछ हिम्मत हुई और मैंने कहा, 'आज एक दार्शनिक की तरह क्यों बातें कर रहे हो...सब ठीक है न... कोई बात है तो खुलकर बोलो....किसी ने कुछ कहा क्या...या बच्चों ने कुछ किया....'

उन्होंने मुझपर गहरी दृष्टि डाली और एक सलाहकार की भांति कहने लगे, 'मेरा एक

सुझाव है....कभी अपने बच्चों पर आस लगाकर मत बैठना कि वे तुम्हारे बुढ़ापे की लाठी बनेंगे। आज तुम उनके भविष्य को उज्ज्वल बनाने में एड़ी-चोटी एक कर रही हो.... अपनी जिंदगीभर की कमाई लगा रही हो, तो वे कल सफल होने के बाद तुम्हारे त्याग को याद रखेंगे और जैसे तुम उन्हें नि:स्वार्थ प्यार कर रही हो, उनसे तुम्हें वैसा ही प्राप्त होगा। मैं तुमसे सच कहता हूँ....तुम्हारा या किसी और का तो पता नहीं....किन्तु....मुझे.... मुझे तो अपने बेटा या बेटी किसी से कोई उम्मीद नहीं है। सभी अपनी-अपनी जिंदगी जीते हैं। मैं यह समझ गया हूँ कि जब तक जिंदा हूँ तब तक उनका भरण-पोषण करना मेरा कर्त्तव्य है क्योंकि मैंने उन्हें जन्म दिया है। कोई मेरे बुढापे का सहारा बनेगा..ऐसा सोचना मेरी जिंदगी की सबसे बड़ी भूल होगी। न जाने क्यों लोग संतान की चाह में त्याग-तपस्या करते हैं...मन्नतें माँगते हैं....दु:खी-उदास रहते हैं.....संतान प्राप्ति के लिए अपनी जिंदगीभर की कमाई इलाज में लगा देते हैं...कुछ तो संतान की चाहत में दूसरी शादी तक कर लेते हैं। मैं तो सोचता हूँ ...बच्चे हों या न हों...कोई फर्क नहीं पड़ता। उससे अच्छा पति-पत्नी अपनी जिंदगी एक-दूसरे के साथ हँसते-खेलते बिताएं और मानव जीवन व सांसारिक वैभव का लुफ्त उठाए। हाँ, जीवन में एक अच्छे-सच्चे जीवनसाथी का होना अत्यंत आवश्यक है, जो निष्कपट प्यार करे और अपने रिश्ते के प्रति ईमानदार और निष्ठावान रहे। जीवन का यही सच है कि एक सच्चा जीवनसाथी ही हमारी कमियों के साथ हमसे प्यार करता है। वरना जिस संतान को नाजो से पाला होता है, उसके सारे नखरे उठाए होते हैं, उसके सात खून माफ किया होता है, वही हमारी कमियों को नजरअंदाज करना तो दूर चार बात सुनाने में कोई कसर नहीं छोड़ता। कभी-कभी तो ऐसा लगता है कि मुझमें ही खोट है...मैंने ही अपने बच्चों को नहीं समझा...उन्हें एक अच्छा'इंसान नहीं बना पाया।'

मैं समझने लगी थी कि भैया को बच्चों से कोई गहरी चोट मिली है। उन्हें सहानुभूति देते हुए कहा, 'ऐसा क्यों सोचते हो भैया...बच्चे हैं...नादान हैं...बच्चों से गलती हो जाती है। हमें ऐसे हताश नहीं होना चाहिए और उनके प्रति इतना कठोर दृष्टिकोण नहीं रखना चाहिए....वैसे भी जमाना बदल गया है...आज के युग में बड़ों को ही बच्चों को समझने

की जरूरत है।'

भैया पर मेरी बातों का कोई असर न हुआ, जैसे वे कोई तर्क सुनना ही नहीं चाहते थे। शायद कई दिनों के उहापोह के बाद वे इस निष्कर्ष पर पहुँचे हो। वे इतने कुशाग्र बुद्धि के अनुभवी व्यक्ति थे कि उनके विचारों या निर्णय पर प्रश्न-चिह्न लगाया ही नहीं जा सकता था। उनकी आँखें दर्द से भरी हुई थी।

उन्होंने दृढ़ता से कहा, 'मैं ठीक कहता हूँ दया...यूँ ही हवा में बात नहीं कर रहा हूँ। पता है...एक दिन मैंने दोनों बेटों की परीक्षा ली और दु:ख की बात है कि दोनों उसमें फेल हो गए।' फिर उन्होंने अद्योपांत सारा वृत्तांत कह सुनाया।

एक दिन अचानक बिस्तर पर लेटते ही उनका बायां हाथ-पैर बेजान पड़ गया। जुबान लड़खड़ाने लगी। वे जोर से चिल्लाने लगे। उनकी लड़खती चीख को सुनकर सुगंधा भाभी घबराकर उठ बैठी। वे उनसे कुछ कहना चाहते थे किन्तु जुबान साथ नहीं दे रहा था। उनकी आँखें पत्थरा गई थी, उसके कोर से आँसू बह रहे थे और मुँह से लार गिर रहा था। सुगंधा भाभी समझ नहीं पा रही थी कि उन्हें क्या हो गया है। जब उन्हें कुछ न सूझा तो उन्होंने गरम तेल से मालिश करना शुरू कर दिया। भाभी की मालिश का उनके शरीर पर कोई असर नहीं पड़ रहा था। वे अपने को लाचार पाकर लगातार चिल्ला रहे थे। अपने दाएँ हाथ से बाएँ हाथ-पैर को निरंतर उठाने की कोशिश कर रहे थे। पर वे निढाल होकर एक तरफ गिर जा रहे थे। पूरी रात के प्रयास के बाद भी उनकी स्थिति में कोई सुधार नहीं हुआ। अगले दिन डॉक्टर ने दवा के साथ फिजियोथेरापी का सुझाव दिया। पंद्रह दिन तक फिजियोथेरापी करवाया गया। फिजियोथेरापी करवाने वाला बहुत फीस ले रहा था, तो उन्होंने सोचा कि कौन-कौन कसरत कैसे करना है, अब मैं जान गया हूँ। यदि बच्चें सहायता करेंगे तो कुछ बचत हो जाएगा और मैं ठीक भी हो जाऊँगा। यही सोचकर एक दिन उन्होंने बड़े बेटे राजीव से कहा, 'बेटा, जरा मेरा पैर उठाकर पाँच बार ऊपर-नीचे कर दो।' उसने एक बार किया, दो बार किया लेकिन तीसरे दिन जब उन्होंने कहा तो वह झल्ला उठा और कहा, 'बस....आपके अनुसार अब मुझे यही काम रह गया है। आप छोटे से करवा लीजिए....मुझे ड्यूटी जाना है....देर हो रही है।'

अगले दिन उन्होंने दूसरे बेटे से कहा, 'बेटा, जरा मेरे बाँह को पीछे से खींचना। इससे इसकी स्थिति में सुधार होगा, संभव हो कि मैं ठीक हो जाऊँ।'

उसने भोलेपन से कहा, 'अच्छा पापा, पर....मुझे समझ में नहीं आ रहा है। आप बता दीजिए...कैसे करना है...फिर कर दूँगा...वरना कुछ उल्टा-सीधा हो गया तो...।'

भैया बोले, 'अच्छा! तुम पेट के बल लेट जाओ।' जैसे ही छोटा बेटा लेटा, भैया उसके दोनों बाँह को पीछे से ऊपर-नीचे, दाएँ-बाएँ खींचने लगे। वह दम्मी साधे उसका आनंद लेने लगा।

उसे आराम से लेटा हुआ देखकर भैया ने कहा, 'लगता है तुम्हें अच्छा लग रहा है।'

'मज़ा आ रहा है पापा.....थोड़ा और करके बताइए।'

तभी किसी के आने से वे उससे मिलने चले गये। जैसे वे लौटकर आए, छोटू ने कहा, 'पापा, फिर से बता दीजिए। कल से आपको कसरत करवा दूँगा।'

एक वो दिन था और एक आज का दिन है। हर दिन वे स्वयं फिजीयोथेरापी करने की कोशिश करते हैं। सभी लेटे-लेटे देखते हैं, क्या बड़ा बेटा...क्या बेटी.....पर कोई भी पहल नहीं करता...खासकर छोटा बेटा, जो प्रशिक्षण लेकर अपना हाथ-पैर दबवाया था...उसने कभी नहीं कहा कि पापा चलिए आपको कसरत करवा देता हूँ। हाँ, यदा-कदा फुरसत मिलने पर थकी हारी कमजोर सुगंधा भाभी कसरत करवाने की कोशिश अवश्य करती है। भैया और आगे कुछ कह न सके और कहते-कहते फूट पड़े, फिर भावनाओं को समेटते हुए बोले अब जब भी ज्यादा तकलीफ होती है तो सोचता हूँ कि आखिर बीमार कौन है.....मैं...या मेरे बच्चे....।

ममता

शांता ताई का परिवार भरापूरा था। ताई के चार बच्चे थे-दो बेटा और दो बेटी। छोटी बेटी को कम उम्र में ही कोरोना ने निगल लिया था। उसके गुजर जाने से ताई की सेहत पर बहुत बुरा प्रभाव पड़ा। वह शारीरिक और मानसिक रूप से टूट गई थी। हालाँकि अन्य तीनों बच्चों ने अपनी-अपनी गृहस्थी में मग्न रहने के बावजूद ताई को बहुत अच्छे से संभाला। ताई अपने छोटे बेटे के साथ रहती थीं। उनका बड़ा बेटा बैंक में काम करने की वजह से अपने परिवार के साथ राजकोट में रहता था। उसे एक लड़का और एक लड़की थी। ताई की बेटी नर्स थी और दिल्ली के सरकारी अस्पताल में काम करती थी। उसके दो बेटे थे। ताई की मदद से बेटी ने दिल्ली में ही अपना फ्लैट लेकर वहाँ की स्थायी निवासी बन गई थी। दूर रहकर भी सभी पास थे। खासकर बच्चे ताई के करीब थे। वे उन्हें बहुत प्यार करते थे। ऐसा कोई दिन नहीं होता जब वे वीडियो कॉल पर उनसे बात न करते हो।

आधुनिक युग में संपत्ति, एकाकी परिवार और व्यस्तता के कारण भाई-बहनों के आपसी मिठास में कमी आती जा रही है, किन्तु ताई इस मामले में खुशनसीब थी। सभी दूर रहकर भी पास थे और साल-दो-साल में एक बार अवश्य इकट्ठा होते थे। ताई एक सुलझी हुई अनुभवी महिला थी। वह यह नहीं चाहती थी कि जमीन-जायदाद को लेकर बच्चों में कोई मतभेद हो। भाई-भाई का दुश्मन बन जाए। उन्होंने बेटी को फ्लैट खरीदने में मदद कर उसका अधिकार दे दिया था, रही बात घर के बँटवारे की, तो ताई ने कुछ खुला क्षेत्र अपने हिस्से में रखते हुए पुराने घर का नवीनीकरण कर दोनों बेटों के लिए अलग-अलग मकान बना दिया था। बड़े बेटे ने एक फ्लैट छोड़कर मकान को किराये पर लगा दिया था। छोटे बेटे के हिस्से में मकान अहाते के साथ आया था। उसने दो फ्लैट छोड़कर पूरा मकान किराए पर लगा दिया था। ताई घर के तीसरी मंजिल पर रहती थी और उनका छोटा बेटा दूसरी मंजिल पर। वह प्रतिदिन सुबह-सुबह अपने बेटा-बहू के फ्लैट में बच्चों की देखभाल और अन्य काम-काज हेतु उतर आती थीं। सच में घर में

बड़े-बुजुर्ग के होने से बच्चों के परवरिश में बहुत सहायता मिलती है।

बरसात की सुबह थी। आकाश में मेघखंड विचरण कर रहे थे। ठंडी-ठंडी हवा चल रही थी। शायद रात में हल्की बूँदा-बांदी हुई थी। प्रतिदिन की तरह ताई आज भी धीरे-धीरे सीढ़ियों की रेलिंग को पकड़कर नीचे उतर रही थीं, किन्तु प्रतिदिन और आज की सुबह में फर्क था। पैरों में भयंकर दर्द और सांसों के फूलने की वजह से आज वह दूसरी मंजिल तक आते-आते सीढ़ी पर ही बैठ गई। वह जोर-जोर से हांफ रही थी, सांय-सांय की तीव्र आवाज़ सीढ़ीघर की दीवारों को भेद रही थी, उनकी कराह पूरे वातावरण में गूँज रही थी, किन्तु आज बेटे के कानों तक वह आवाज न पहुँची, जिससे उसके फ्लैट का दरवाजा न खुला। वैसे भी उनसे मदद की कोई उम्मीद भी न थी। ताई हिम्मत जुटाती हुई फिर सीढ़ियों से उतरना शुरू की। वह सबसे अंतिम सीढ़ी पर पहुँचते ही धम्म से बैठ गई।

ताई ने बड़े शौक से अपनी जिंदगीभर की कमाई से अपने सपनों के महल को तैयार किया था। उनका घर बड़ा और सुंदर था। घर के सामने बड़ा-सा अहाता। अहाते के बीचो बीच लगा फव्वारा, अहाते की शोभा में चार चाँद लगा रहा था। उसमें नाना प्रकार के रंग-बिरंगे फूलों की क्यारियाँ थी। शरद और बसंत ऋतु में बाग का सौंदर्य देखते ही बनता था। फूलों की भींनी-भींनी खुशबू मंत्र-मुग्ध करती थी। उसपर से भँवरों और तितलियों का आवागमन घर-आँगन को भव्यता प्रदान करता था। उन्होंने एक आम का पेड़, एक अमरूद का और लॉन के एक कोने में केले के कुछ पेड़ भी लगा रखे थे। ताई को प्रकृति से इतना लगाव था कि उन्होंने लॉन के चारों ओर अशोक के पेड़ लगाए थे, परंतु हमेशा की भाँति आज न तो पेड़-पौधे हर्षित लग रहे थे और न ही झूम रहे थे। वे स्तब्ध, उदास अपने-अपने जगह पर मूक खड़े थे। उनके पत्तों से जल बूँदें इस तरह टपक रहे थे मानो वे ताई की इस दशा पर आँसू बहा रहे हों। ताई पेड़ों के तने को प्रेम से सहला रही थी, जाने फिर कब उनसे मिलना हो, मिलना हो भी या नहीं....। ताई आँखों में आँसू लिए बोझिल कदमों से धीरे-धीरे मुख्य फाटक की ओर बढ़ रही थी। आकाश में उषा अपनी लालिमा बिखरने को तड़प रही थी। आकाश में मेघ और सूर्य आँख-मिचैली खेल रहे थे।

मुहल्ले की गलियों में हलचल होने लगी थी। मौसम सुहाना था, बच्चे और युवा खेलने के लिए मुहल्ले के मैदान और गलियों में निकल पड़े थे। वृद्धजन प्रात:भ्रमण के लिए निकले हुए थे। इस वजह से जैसे ही शांता ताई फाटक तक पहुँची, सबकी नजर उनपर टिक गई। ताई खोई-खोई सी थी, उनके कपड़े अस्त-व्यस्त और बाल बिखरे हुए थे। उनके हाथों में कुछ सामान भी था। उन्हें इस दशा में देखकर मुहल्ले के बच्चे, युवक और वृद्ध सभी अचंभित हो गए। आज से पहले ताई कभी इतनी सुबह अपने घर से बाहर इस अवस्था में दिखाई नहीं दी थीं। उनके पैरों में इतनी पीड़ा रहती थी कि मुश्किल से ही चल पाती थीं। प्रात:भ्रमण तो बहुत दूर की बात है। उनका घुटना इतना सूजा रहता था मानो किसी ने बैलून में हवा भर दी हो। उन्हें इस समय बाहर आते देखकर एक साथ कंठ फूट पड़े-'चाची! सब कुशल तो है.....इतनी सुबह कहाँ जा रही हो....मन तो ठीक है न....।'

ताई ने धीरे से कराहते हुए कहा, 'हाँ...सब ठीक है...।'

तभी दूसरी तरफ से एक गाड़ी आई और ताई ड्राइवर की सहायता से अपने सामान उसमें रखने लगी। एक बच्चे ने कौतुहल से पूछा, 'गाड़ी और सामान....वैसे ये गाड़ी किसलिए तुम्हारे द्वार पर आई है.....क्या ये सामान भी तुम्हारे हैं ताई....इतनी सुबह-सुबह पूरे सामान के साथ आप कहाँ जा रही हो...आपके साथ और कौन जा रहा है.... क्या आपलोग कहीं घूमने जा रहे हैं?'

बच्चे ने एक साथ इतने सारे सवाल कर दिए, पर ताई मौन रही। एक साथ इतने सवालों के जवाब देना उन्होंने उचित नहीं समझा। या यूँ कहें कि वह उन प्रश्नों का उत्तर देना नहीं चाहती थी। ताई प्रश्नों को अनसुना करते हुए एक बनावटी हल्की मुस्कान के साथ ड्राइवर की सहायता से गाड़ी में उसकी बगल वाली सीट पर बैठ गई। मानों उन्हें न तो कुछ दिखाई दे रहा था और न सुनाई दे रहा था। उनके सामने न रास्ता था न आकाश, न कोई ठौर, न ठिकाना। वह सुध-बुध खोई हुई गुमसुम-सी गाड़ी में बैठी रही। उनकी निस्तेज आँखें सूजी हुई थी और आँखों के चारों ओर काले घेरे पड़े हुए थे। उनका शरीर सूख गया था। वह उम्र से अधिक वृद्ध लग रहीं थी। उनके गाल दस इंच अंदर धंसे हुए थे

और बाँहों की त्वचा लटकर झूले-से झूल रही थी, माथे पर की झुर्रियाँ उनके बुढ़ापे का परिचय दे रही थी। उनको इतना गुमसुम शायद ही कभी किसी ने देखा हो। वह तकलीफ में रहते हुए भी सदा हँसते-मुस्कुराते रहती थीं। शांता ताई सदैव दूसरों की मदद के लिए तत्पर रहनेवाली महिला थीं। यदि कोई मुहल्ले में अस्वस्थ है और शांता ताई को इसकी खबर मिल गई तो अपने स्वास्थ्य की परवाह किए बिना उनसे मिलने, उन्हें सांत्वना देने पहुँच जाती थी। कहीं शादी-विवाह का माहौल हो, तो ताई ऐसे झूम-झूमकर नृत्य करती, ढोल-झाँझ बजाती कि लोग दंग रह जाते। उनके विवाह के गाने और नृत्य से समां बंध जाता था। ऐसे में उन्हें परेशान देखकर भला कौन चुप रह सकता था। उन्हें परेशान देखकर मुहल्ले के लड़कों और बुजुर्गों को कुछ ठीक नहीं लगा। वे उनकी गाड़ी के सामने आकर खड़े हो गए। शांता ताई की खामोशी को नज़रअंदाज करते हुए एक लड़के ने पुन: सहयात्री के विषय में पूछा, तो शांता ताई ने संक्षिप्त उत्तर दिया, 'नहीं, बेटा! अकेली ही जा रही हूँ।'

कहाँ...

पता नहीं.....

क्या मतलब..... पड़ोस के एक वृद्ध ने पूछा। शांता ताई मौन किन्तु उनकी सजल आँखें उनकी व्यथा बता रही थी। वृद्ध बड़ी आत्मीयता से ताई से बार-बार पूछते रहें, तो उन्होंने कहा, 'भाई साहब, मैं नहीं जानती कि मैं कहाँ जा रही हूँ....मैं कहाँ जाना चाहती हूँ...यह भरी-पूरी दुनिया भी अब मेरे लिए सूनी प्रतीत हो रही है। अब तो बस भगवान ही जानते हैं...जहाँ उनकी इच्छा होगी, वहीं चली जाऊँगी।' मुहल्लेवाले समझ गए, जरूर घर में कलह हुई है। शायद बात बढ़ते-बढ़ते इतनी बढ़ी होगी कि शांता ताई का घर में गुजर-बसर होना मुश्किल हो गया होगा, पर वह वृद्ध थीं और शरीर से लाचार भी, ऐसे में ....इस तरह घर से निकलना...सही न था।

एक-दूसरे पड़ोसी ने कहा, 'आप ऐसे कैसे चली जाओगी। बेटा-बहू ने कुछ किया है तो बताएँ। वैसे हर घर में नोंक-झोंक तो होता ही है। जहाँ चार बर्तन होंगे वहाँ आवाज़ तो होगी ही। आप स्वयं समझदार हैं, किन्तु अगर बात प्रताड़ना की हो, तो आप बताएँ, अभी

पुलिस को बुलाता हूँ। ऐसे में आप क्यों घर छोड़ेंगी? घर से इन्हें निकाला जाएगा.... इनके सामान घर से बाहर फेंके जाएँगे...ये बेघर होंगे...आप नहीं....'

शांता ताई ने आँचल से आँखों को पोंछते हुए कहा, 'नहीं भाई, मुझे बच्चों से कोई शिकायत नहीं है। यह तो मेरे....मेरे भाग्य का फेर है, वरना यह दिन नहीं देखना पड़ता।'

ताई अपने मुहल्ले की जान थी। सभी उनका आदर-सम्मान करते थे। आग की लपटों की तरह पूरे मुहल्ले में ताई के घर छोड़ने की बात फैल गई। एक-एक करके कई लोग उनके मुख्य द्वार के पास एकत्रित हो गए थे। भीड़ में खड़े एक रिटायर जज से न रहा गया, उसने कहा, 'नहीं बहन, आप घबराए नहीं, कानून भी कोई चीज है। हमारे भारतीय संविधान में बहुत अच्छी-अच्छी बातें लिखी हैं। आपको तो पता ही है। भारत में माता-पिता के भरण-पोषण के लिए पहली बार 1973 में अपराधिक प्रक्रिया संहिता की धारा 125 (1) लागू किया गया, जिसके अनुसार यदि कोई व्यक्ति जिसके पास पर्याप्त साधन है, अपने माता-पिता, जो अपना भरण-पोषण करने में असमर्थ है, का भरण-पोषण करने की उपेक्षा करता है अथवा उससे इंकार करता है, तो प्रथम श्रेणी का मजिस्ट्रेट ऐसी उपेक्षा अथवा इंकार प्रमाणित होने पर उस व्यक्ति को अपने माता-पिता के भरण-पोषण के लिए मासिक भत्ता देने का आदेश दे सकता है। मजिस्ट्रेट जैसा उचित समझे, उसका भुगतान वैसे व्यक्ति को करने के लिए कह सकता हैं। सुविधानुसार मजिस्ट्रेट समय-समय पर निर्देश जारी कर सकता है। आपके केस पर तुरंत संज्ञान लिया जाएगा। एक तो आप वृद्ध हैं, उसपर से बीमार हैं, चलने-फिरने में असमर्थ हैं। यह जमीन, मकान सब आपके कठिन श्रम का फल है और तो और आप सरकारी मुलाजिम रह चुकी हैं। आपकी पहुँच भी ऊँची होगी। वे किस दिन काम आएँगे। आपको तो तुरंत न्याय मिलेगा। और हम सभी मुहल्लेवाले तो आपके साथ हैं ही। आप पहल तो करें।'

शांता ताई ने शांत स्वर में कहा, 'भाई साहब, यह तो आप सबका स्नेह है...मैं सदा आपलोगों की आभारी रहूँगी.... बहुत-बहुत शुक्रिया! पर मैंने कहा न... मुझे किसी ने घर से नहीं निकाला, मैं तो स्वयं घर छोड़कर जा रही हूँ।'

मुहल्ले के एक छरहड़े बदन के लड़के ने आकर शांता ताई का हाथ पकड़ लिया और

बोला, 'चाची, हमारे होते आप मुहल्ले से यूँ ही नहीं जा सकती हैं...आप गाड़ी से उतरिए....न तो गाड़ी आगे बढ़ेगी और न ही आप कहीं जाएँगी।'

ताई ने आना-काना की, किन्तु जब उसने उनके पैर पकड़कर जमीन पर रख दिया तो उसके हठ के आगे शांता ताई को झुकना पड़ा। पर ताई भी कुछ कम न थी। अपनी बात पर अड़ी रहीं और गाड़ी से उतरकर धीरे-धीरे स्वयं को घसीटती हुई चौराहे तक चली गई। ताई ने किसी की एक न सुनी। अंत में मुहल्ले के लोगों को उनकी जिद्द के आगे नतमस्तक होना पड़ा और शांता ताई को गाड़ी में बैठा दिया गया। शांता ताई अनजान डगर पर, अनजान लोगों का आश्रय पाने निकल पड़ी। शरीर में पीड़ा, दिल में दर्द, मन में अपमान और कुंठा का भाव लिए, नयन जल से खुद को नहलाती ताई अनजान सफर तय कर रही थीं। ड्राइवर चिर-परिचित था, वह उनकी हालत देखकर परेशान हो रहा था। वह भी ताई के साथ भावुक हो रहा था और बारंबार ताई को चुप कराता, सांत्वना देता, समझाता पर सबकुछ व्यर्थ.....शांता ताई के तो कानों में हृदय को छलनी करने वाले बेटे का कथन गूँज रहा था- माँ घर में शांति बनाए रखो...हमें चैन से जीने दो....कितने ही दिन बचे हैं तुम्हारे.....तुम तो पके हुए आम की तरह हो...न जाने कब टपक जाओ... थोड़ा अपने तेवर कम करो और बहू की बात समझो।

मुझे गलत न समझना...मैं तुम दोनों में से किसी को गलत नहीं ठहरा रहा हूँ...पर तुम तो बड़ी हो...मैं तो चक्की के दो पाटों के बीच पीस रहा हूँ...मुझपर रहम करो। ताई अपने इन विचारों में खोती जा रही थी, उनका चिंतन गहरा और गहरा होता जा रहा था। वह स्वयं से बातें करने लगी। अच्छा... तो मैं ही सारे फसाद की जड़ हूँ। मेरी ही नासमझी और गलती है वरना मेरा सुत मुझे गलत क्यों समझता। जब स्वयं में दोष हो...अपना सिक्का खोटा हो, तो गैरों से क्या गिला....। और वह फूट-फूटकर रोने लगी। सूरज का बादलों संग आँख-मिचैली का खेल बंद हो गया। बादलों ने सूरज को अपने में समा लिया और आकाश में घन घटा का साम्राज्य छा गया और गर्जन-तर्जन के साथ झमाझम वृष्टि शुरू हो गई, बिजली चमकने लगी। ऐसा लग रहा था मानो आकाश फट गया है और ताई के दु:ख से वह भी आहत हो गया है। बच्चों के द्वारा एक माँ के अपमान से ईश्वर

कुपित हो गए हैं और पूरी कायनात को डूबों देना चाहते हैं। चारों तरफ पानी ही पानी नजर आ रहा था। सड़क पर पानी भर गया, कई जगह रास्ता ही जान नहीं पड़ता था। ड्राइवर प्रकृति के भयावह रुप से भयभीत हो रहा था। वह एक अनुभवी ड्राइवर था। उसने अपने पूरे जीवन में इस तरह की बारिश नहीं देखी थी। वह विचलित हो रहा था।

वह ताई से वापस लौटने का आग्रह करने लगा, 'ताई, हम वापस लौट चलते हैं....। मौसम बहुत खराब हो रहा है...यह वर्षा मामूली नहीं लग रही है।...मुझे अनिष्ट की आशंका हो रही है....चलो हम लौट चलते हैं। वैसे भी तुम्हारा बड़ा बेटा और बेटी परेशान हो रहे हैं और तुम्हें बुला रहे हैं....ताई, मेरी बात मानो....बच्चों को माफ कर दो....और वापस लौट चलो।'

'क्यों ...., तुम्हें डर लग रहा है। तुम्हें नहीं जाना है तो बता दो..मैं कोई दूसरी सवारी कर लूँगी।' नाराजगी से ताई ने कहा।

'ऐसी बात नहीं है ताई....मैं डरपोक नहीं हूँ। मुझसे तुम्हारी तकलीफ देखी नहीं जा रही है, मुझपर संदेह न करो। यदि तुम्हें बुरा लगा तो माफ करो...मैंने तुम्हें तुम्हारे गंतव्य तक पहुँचाने की जिम्मेदारी ली है, तो अपने दायित्व से पीछे नहीं हटूँगा।' ड्राइवर यह कहते हुए गाड़ी चलाता रहा।

ताई एक लंबे थकान भरे सफर के बाद मध्य रात्रि को लखनऊ पहुँची। लखनऊ पहुँच तो गई, किन्तु वह रिश्तेदारों के पास नहीं गई क्योंकि उन्हें अपने बेटा-बहू के बारे में बताना पड़ता। वह सबके सामने खुद को दोषी बना सकती थी, पर अपने बच्चों की निंदा करना उनका स्वभाव न था। इसलिए ताई ने अपने दफ्तर के मित्र की सहायता से एक छोटे कमरे की व्यवस्था कर ली थी। रास्ते भर फोन बजता रहा, बेटी परेशान होकर वापस लौट जाने का निवेदन करती रही। बड़ा बेटा व्याकुल होकर मनाने का प्रयास करता रहा, पर उनकी बातें और आग्रह, शांता ताई के जख्मों पर मरहम नहीं लगा पा रहे थे, उनका मन परिवर्तन नहीं हुआ तो नहीं हुआ....ताई अपने निर्णय पर अड़ी रही। पर लखनऊ पहुँचकर भी ताई को चैन नहीं था। वह अपने बच्चों से अलग नहीं रह सकती थी। ताई ने बहुत मुश्किल से जीवन के झंझावतों के बीच अपने बच्चों को सीने से लगाकर

पाला था। पति की मृत्यु के बाद आंर्थिक और मानसिक परेशानियों को झेलते हुए बच्चों का पालन-पोषण किया था। एक युवा विधवा माँ को अनेक चुनौतियों का सामना करना पड़ता है। ताई ने अपने बच्चों के सहारे अपनी पूरी जवानी काट ली थी। कई चुभनभरी दृष्टि का सामना किया था, पर अपने वैधव्य और बच्चों पर आँच आने नहीं दिया था। उन्होंने कभी उनसे अलग होने की कल्पना भी नहीं की थी...और आज भी...दिल में बच्चों के लिए असीम प्यार और अलग होने की कसक के बावजूद....उनकी खुशी के लिए उनसे अलग होना पड़ा। कई सवाल उनके मन में समुद्र की लहरों की तरह एक के बाद एक उठ रहे थे। क्या उनके संस्कार गलत हैं....या उनका बच्चों के प्रति प्रेम। क्या छोटा पुत्र उनसे ऊब गया है...उसे उनसे प्रेम नहीं है.... उनके आँसू थम नहीं रहे थे। उद्विग्नता में एक पल के लिए उनकी आँख न लगी।

सांसारिक मोहमाया ऐसा है कि मूल से सूद ज्यादा प्यारा होता है। सुबह-सुबह बडे. बेटे के आठ वर्षीय पुत्र ने ताई को फोन किया। ताई उसके नंबर को देखकर उछल पड़ी, पोते ने बहुत प्यार से कहा, 'दादी, आपने अच्छा नहीं किया। आपने हमें पराया बना दिया। आपको पता है कि मेरा घर आपका है... उसपर आपके सिवा किसी का अधिकार नहीं है....आप यूँ इधर-उधर न भटके....आपको मेरी सौगंध है....यदि आप मुझे प्यार करती हैं तो तुरंत घर वापस आ जाइए....मैं आपके बिना नहीं रह सकता....मैं आपका इंतजार कर रहा हूँ।' ताई पोते के मीठे स्वर को सुनकर आह्लादित हो गई। पोते के अधिकारपूर्ण स्नेहिल शब्दों से भाव-विभोर हो गई। उसके विनम्र और प्रेमपूर्ण आग्रह से उनका दिल पिघल गया। ताई में उसकी बात को टालने की हिम्मत न थी। उन्होंने बिना देर किए उसी गाड़ी से घर लौटने का फैसला लिया और ताई जब घर पहुँची तो बडे.बेटे-बहू और बच्चों को देखकर भावुक हो गई और पोते को सीने से लगाकर जी भर रोई। रोते हुए पोते ने कहा, – 'दादी! फिर कभी इस तरह हमें छोड़कर मत जाइएगा। हम आपके हैं... यह घर आपका है।'

उसके बाद ताई अपने बड़े बेटे के फ्लैट में रहने लगी। ताई के लिए बिना बच्चों के अकेले जीवन बिताना सजा सदृश था। जब बच्चों को देखने, उनसे मिलने की इच्छा होती

तो फोन करके उन्हें बुला लेती। समय बलवान होता है। उसके पास हर जख्म का मरहम होता है। समय के साथ दिल के गिले-शिकवे और मन की कड़वाहट दूर हो जाती है और जहाँ प्यार होता है, वहाँ गुस्सा और नाराज़गी अधिक दिनों तक टिक नहीं सकती है। पोता-पोती के साथ बेटा-बहू से भी मिलना-जुलना होने लगा। कुछ दिनों के बाद बेटा अपनी गलती मानते हुए ताई का सामान लेकर अपने घर चला गया।

ताई ने सामान को ले जाते देखकर सहज भाव से कहा, 'बेटा! मिलना-जुलना तक तो ठीक है। दूर का ढोल सुहाना होता है। एक साथ रहकर मैं तुम्हारे लिए मुसीबत नहीं बनाना चाहती हूँ। मैं यहीं ठीक हूँ। तुम लोग खुश रहो।'

यह सुनते ही बेटा ताई के पैरों पर गिर पड़ा और कहा, 'ऐसा न कहो माँ, मैं बहुत बुरा हूँ...न जाने कैसे मेरी जुबान से आपको आहत करनेवाली बातें निकल गई। मैं अपने-आप को कभी माफ नहीं कर पाऊँगा। आपके आशीर्वाद के बिना यह जीवन नरक के समान है। मैं कभी फल-फूल नहीं सकूँगा। मुझे और सज़ा न दो माँ। मैं अपनी गलती समझ चुका हूँ।' उसके अश्रु जल लगातार ताई के पैर धो रहे थे।

बहू ने ताई का हाथ पकड़कर कहा, 'माँ! बच्चों से गलती हो ही जाती है। हम आपके बिना अधूरे हैं। भगवान ने चाहा, तो फिर कभी ऐसा न होगा। यह हमारी पहली और आखिरी गलती मानकर माफ कर दीजिए। हो सके, तो इसे एक बुरा सपना समझकर भूल जाइए।' ताई अपने को रोक न सकी, बेटे को सीने से लगा लिया। सभी गले लगकर खूब रोए। सबकी आँखों से निर्मल निर्झरिणी बह रही थी। आँसू ने सबके हृदय के मैल को धोकर उनके रिश्ते को निर्मल कर दिया।

www.ingramcontent.com/pod-product-compliance
Lightning Source LLC
LaVergne TN
LVHW032128041026
849518LV00008B/2806
* 9 7 8 9 3 4 7 2 5 9 0 9 8 *